Henryk Waligora
Kindheit eines deutschen Polen

Hans-Joachim Block

Henryk Waligora

Kindheit eines deutschen Polen

Bibliografische Information der Deutschen Bibliothek:
Die Deutsche Bibliothek verzeichnet diese Publikation in der Deutschen
Nationalbibliografie; detaillierte Daten sind im Internet über
<http://dnb.ddb.de> abrufbar.

© 2006 Hans-Joachim Block
Herstellung und Verlag: Books on Demand GmbH, Norderstedt
ISBN 3-8334-2736-1

Inhalt

Vorwort

Der 2. Weltkrieg befand sich im Januar 1945 in seiner letzten Phase. Die Zeit war gekennzeichnet durch Flucht (Bürger des deutschen Ostens), Unterkunftssuche (Ausgebombte) oder Befreiung (Verfolgte durch das Naziregime). All das traf für unsere Familie nicht zu. Wir wohnten im fast bombenfreien Osten des Reiches (Bromberg in Westpreußen), wurden nicht verfolgt und machten nur einen kurzen vergeblichen Fluchtversuch. Uns ging es bis zum Januar 1945 relativ gut; erst der Einmarsch der russischen Armeen in Westpreußen veränderte das Leben unserer Familie. Plötzlich war nichts mehr wie es vorher war. Die knapp vier Jahre unter polnischer Obhut schildere ich aus der Sicht der Kinder: Trennung, Leid, Freude und Konflikte stehen eng beieinander.

Im Nachwort schildere ich nach einem Besuch in der Stadt Bydgoszcz und Umgebung im Juli 2005 die Begegnungen mit Menschen und Orten der Vergangenheit und der Gegenwart.

Als Anhang 1 habe ich den Bericht meiner Mutter über ihre „polnische Zeit" und als Anhang 2 den Brief einer polnischen Schneiderin, die auch zu polnischer Zeit Kontakte zu uns gehalten hatte, angefügt. Der Originaltext wurde von mir weitgehend übernommen. Nur wenn sachliche Unklarheiten drohten, habe ich korrigierend eingegriffen.

Prolog

Als ich, Hans-Joachim Block, im Februar 1938 geboren wurde, stand Hitler im Zenit seiner Macht. Berlin, die Hauptstadt, war damals politischer und kultureller Mittelpunkt Deutschlands und besaß eine besondere Anziehungskraft für viele junge Deutsche. Außerdem war die Chance, Arbeit zu bekommen, im Zentrum des Reiches größer als in der Provinz. Meine Eltern waren beide keine Berliner. Der Vater kam aus dem Osten, wo seine Eltern ein Gut in Westpreußen bewirtschafteten. Dieses Gebiet, der so genannte Korridor, war im Jahre 1920 polnisch geworden; die jungen Leute, insbesondere die männlichen, wanderten aus, weil sie sonst vom polnischen Militär eingezogen worden wären. Mein Vater lebte zunächst viele Jahre in der Freien Stadt Danzig, ehe er nach Berlin zog. Er kehrte aber regelmäßig, meist zur Erntezeit, heim.

Meine Mutter hatte ihre Wurzeln im Westen. Sie war in Wetzlar an der Lahn geboren und in Coburg als Tochter eines Apothekers aufgewachsen.

Meine Geburt stand unter keinem guten Stern. Damit ist nicht mein Sternbild (gerade noch Wassermann) gemeint, nein, vielmehr musste meine Mutter gewaltige Schmerzen aushalten, weil das Fruchtwasser lange vor meiner Geburt ausgelaufen war, d. h., sie hatte mehrere Stunden trocken gelegen, ehe ich schließlich mit einer Geburtszange herausgeholt wurde.

Die Folge war, dass meine Mutter nach einem Jahr, später in kürzeren Abständen, epileptische Anfälle bekam, kurzfristig ohnmächtig wurde und nach Erwachen für eine Weile nur bedingt handlungsfähig war. Dazu später mehr, weil dies Folgen für mein weiteres Verhalten haben sollte.

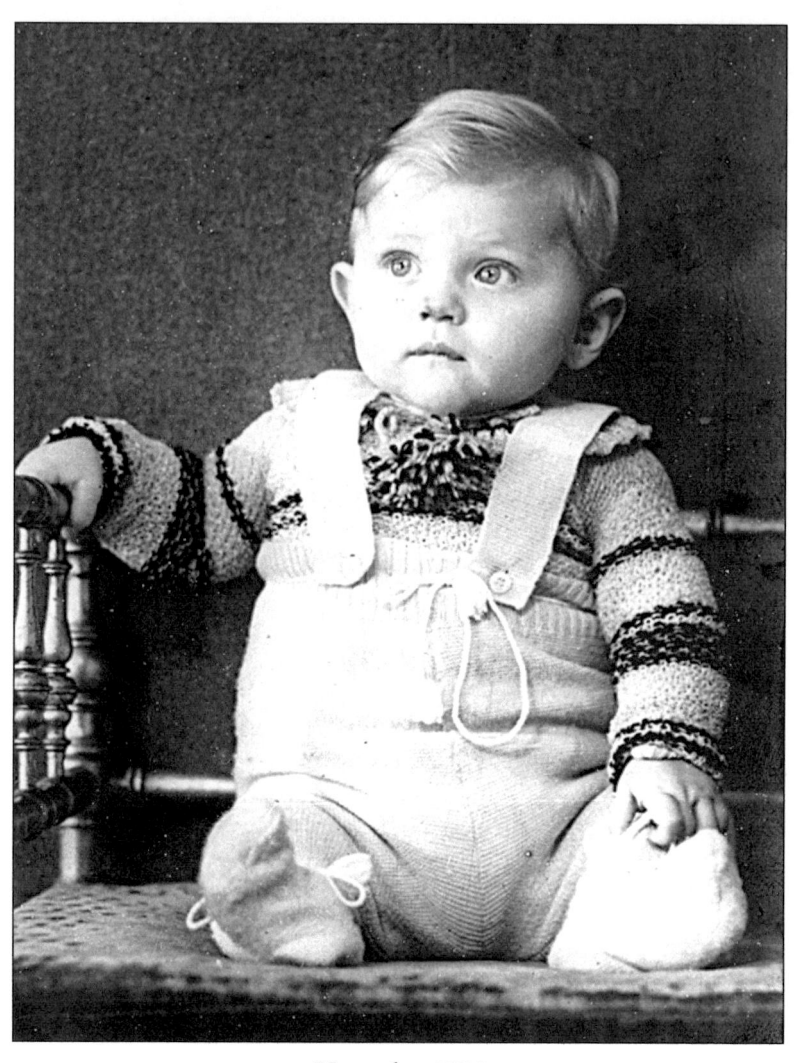

November 1939

1940: Mutter und Sohn

Der kurzen Friedenszeit folgte bald der 2. Weltkrieg mit dem Einmarsch der deutschen Truppen in Polen am 1. September 1939. Es dauerte nicht lange, da sollte mein Vater – er war Polizist – in den wieder eroberten Teil Oberschlesiens versetzt werden. Dies konnte er gerade noch abwenden, weil mein im Jahre 1940 geborener Bruder schwer erkrankt war (er starb wenig später an Keuchhusten). Danach war die Versetzung aber nicht mehr zu verhindern. Ziel war diesmal die Stadt Bromberg in Westpreußen. Für ein weiteres Verweigern (soweit dies überhaupt möglich gewesen wäre) gab es keinen Grund, zumal Bromberg nicht weit vom Heimatort meines Vaters lag.

Meine Mutter wehrte sich zwar heftig auch gegen diesen Umzug, andere als emotionale Gründe konnte sie aber nicht anführen („meine innere Stimme sagt mir......"). Anfang 1941 waren wir dann endgültig „Bromberger".

Bis zum Januar 1945 verschmähte der Krieg Bromberg weitgehend. Aus der Sicht der künftigen Sieger sollte die Stadt wieder polnisch werden (was wir natürlich damals noch nicht wussten), so dass wir kaum unter Bombenangriffen zu leiden hatten. Die Grundversorgung mit Lebensmitteln war durch das nicht allzu weit entfernte Gut meiner Großeltern (väterlicherseits) mehr als gewährleistet. Außerdem verbrachten wir dort oft die Sommermonate.

1942: Großvater (väterlicherseits) auf dem Bauernhof in Westpreußen

Am 20. Juli 1942 wurde unsere Familie durch die Geburt meiner Schwester, Karin Elfriede, vervollständigt.

In den letzten Kriegsjahren schlief mein Vater nicht mehr bei uns in der Wohnung, sondern musste auf dem Polizeirevier übernachten. Sporadisch, etwa alle vier Wochen, besuchte er uns und blieb nur wenige Stunden. Darum entschied meine Mutter, dass ich im Ehebett neben ihr nächtigen sollte; meine Schwester lag im gleichen Zimmer im Kinderbett. Ich erwähne dies, weil ich dadurch bei den in immer kürzeren Rhythmen auftretenden Anfällen meiner Mutter (zum Schluss etwa alle vier Wochen) mit sechs Jahren zur handelnden Person wurde. Mal verschloss ich nach Einsetzen der Anfälle irgendwelche Türen und öffnete sie erst, wenn meine Mutter wieder bei vollem Bewusstsein war, mal nahm ich meine schreiende Schwester auf den Arm und ging zu Nachbarn oder musste selbst kleinere Erste-Hilfe-Maßnahmen einleiten, wenn meine Mutter auf einen harten Gegenstand gefallen war. Am einfachsten war es für mich, wenn der Anfall sie im Bett überraschte.

Karin-Elfriede Unser Hans Joachim hat ein Schwesterchen bekommen.

In dankbarer Freude

Frau Irmgard Block geb. Haeseler
Ludwig Block Meister d. Sch.

Bromberg, den 20. Juli Kriegsjahr 1942
Markgraf-Gero-Str. 3 z. Zt. Klinik Dr. Erbslöh

1942: Geburtsanzeige

Als Folge dieser sich wiederholenden Situationen reagierte ich immer sensibler auf Bewegungen meiner Mutter. So hielt ich beispielsweise immer den Atem an, wenn ich auf dem Bett stand und meine Mutter mich anzog. Da der Mensch natürlicherweise nicht ganz ruhig dasteht, sondern leicht hin und her wippt, glaubte ich, meist unnötigerweise, dass ein neuer Anfall bevorstand.

1944: Meine Schwester und ich in Bromberg

1943: Vater und Sohn im Garten in Bromberg

Unabhängig von all diesen persönlichen Betroffenheiten rückte die Katastrophe unaufhaltsam näher. Die Deutsche Wehrmacht war im Osten seit 1942 auf dem Rückmarsch. Aus meiner heutigen, vielleicht etwas überheblichen Sicht hätte ein Blick auf die Landkarte genügen müssen, um festzustellen, dass es nur eine Frage der Zeit war, wann die Alliierten deutsches Territorium betreten würden.

Auch wenn die Propaganda gewaltig war und die Desinformation der Bevölkerung durch die Medien (es gab keine freien Rundfunkanstalten und keine freie Presse) zur Tagesordnung gehörte, ist die Obrigkeitshörigkeit der Bevölkerung nur schwer zu verstehen.

Selbst die von der nationalsozialistischen Führung immer wieder ins Spiel gebrachte „Wunderwaffe", die nie zum Einsatz kam, ändert an diesem Gesamtbild nicht viel.

1942: Großeltern (mütterlicherseits) in Wiesbaden

1944: Mutter und Sohn in Bromberg

Mehr als unglücklich war die Entscheidung unserer Familie, meine Großeltern mütterlicherseits Weihnachten 1944 von Wiesbaden nach Bromberg zu Besuch kommen zu lassen. Zumindest hätte man sie zu Beginn des neuen Jahres gleich wieder in den Zug nach Wiesbaden setzen müssen oder noch besser: wir hätten gleich mitfahren sollen. Solch eine „Flucht" war damals allerdings unter Androhung von Strafe verboten. So nahm die Entwicklung ihren Lauf.

Ende Januar 1945 starteten die Russen eine Offensive von Warschau aus und eroberten innerhalb weniger Tage das Gebiet zwischen Weichsel und Oder. In diesem Landstrich lag auch Bromberg, das seit der Einnahme Bydgoszcz heißt. Unsere Versuche, im letzten Moment noch zu fliehen, scheiterten: Meine Großeltern warteten am Bahnhof vergeblich auf einen Zug und kehrten ebenso zurück wie wir; meine Mutter, meine Schwester und ich hatten am Rande der Stadt stundenlang in der Kälte gestanden und auf einen avisierten Lastwagen gewartet, der uns in den Westen transportieren sollte. Mein Vater war im Rahmen seiner polizeilichen Tätigkeit unterwegs und konnte den Russen entkommen; er schlug sich, meist zu Fuß, bis Westdeutschland durch.

In den dann folgenden vier Wochen bis zur Abholung durch die polnische Polizei am 19. Februar 1945 waren wir „Freiwild": Meine Mutter wurde täglich mindestens einmal von den Russen vergewaltigt und unsere Wohnung sukzessiv durch die polnische Bevölkerung geplündert.

Meine Mutter spielte damals mehrmals mit dem Gedanken, dem „Spuk" durch Selbstmord ein Ende zu bereiten. Eine Intervention meines Großvaters, der meine Mutter darauf hinwies, dass sie Verantwortung für Eltern und Kinder habe, verhinderte dieses Ende.

Rätselhaft bleibt für mich bis heute, wie meine Mutter fünf Personen vier Wochen lang unter diesen Umständen ernährt hatte.

Ein schicksalhafter Tag

Dieser 19. Februar 1945 war ein klarer, kalter Tag, ein Tag wie er im Osten Deutschlands oft vorkam. Der Tag, an dem ich sieben Jahre alt wurde, veränderte mein weiteres Leben entscheidend. Die Bedeutung dieses Tages ist mir allerdings erst im Laufe meines Lebens klar geworden. Am Tagesbeginn war dies noch nicht zu erahnen.

Es war Mittagszeit, und wir saßen alle in der Küche zusammen. Auf dem Tisch stand das Einzige, was meine Mutter zur Feier des Tages auftreiben konnte: ein Glas eingemachter Birnen. Da ich Geburtstag hatte, durfte ich hoffen, von den Birnen etwas mehr zu bekommen als die anderen.

Plötzlich schellte es. Als wir nicht sofort reagierten, schlug es kräftig gegen die Wohnungstür. Meine Mutter öffnete sie, und zwei polnische Polizisten traten ein und schauten sich in der Küche um.

Einer aß vor meinen immer größer werdenden Augen das Glas Birnen leer und forderte uns danach auf, mit auf das Revier zu kommen. Meine Mutter und meine Großeltern packten einige Sachen zusammen, wir zogen uns warm an und marschierten los. Ich murrte, denn ich hatte immer noch das volle Glas Birnen vor Augen.

Das Polizeirevier war nicht allzu weit. Meine Mutter dachte, dass dort lediglich die Personalien festgehalten würden, zumal meine Großeltern ihren Wohnsitz in Wiesbaden hatten und uns Weihnachten 1944 ja „nur" besucht hatten. Dass sie dennoch ein paar Tage länger blieben, hatte mit der Länge der Reise quer durch das „Reich" (knapp 1000 km) und den ruhigen Nächten (keine Bombenangriffe) zu tun.

Auf dem Revier angekommen, erklärte der Revierleiter halb deutsch, halb polnisch, dass er Kinder nicht gebrauchen könne.

Meine Mutter solle uns irgendwo unterbringen. Sie wehrte sich dagegen. Es half aber nichts. Am Ende musste meine Mutter dem Befehl folgen. Sie erinnerte sich, dass in dem Haus, in dem wir wohnten, die Familie eines polnischen Schusters lebte, die uns kannten und uns Kinder sicherlich für ein paar Tage aufnehmen würden, denn meine Mutter rechnete mit einer nur kurzen Abwesenheit. Sie schätzte die Situation falsch ein; das sollte sich aber erst später herausstellen.

Nun kehrten wir in das Haus zurück, in dem wir gewohnt hatten, und meine Mutter lieferte uns bei dem Schuster ab. Als Dank für die Aufnahme erhielt die Familie Schmuck von meiner Mutter und von meiner Großmutter. Die Schatullen mit dem Schmuck waren unter den Steinkohlen versteckt und deshalb bisher noch nicht mitgenommen worden.

Wir verabschiedeten uns. Meine 2 ½ jährige Schwester weinte bitterlich bei der Trennung von unsrer Mutter; ich war guter Dinge und habe meiner Mutter Grimms Märchen eingepackt, damit sie während der Abwesenheit von uns etwas zu lesen hatte.

Die willkürliche Entscheidung des Revierleiters, uns Kinder abzuweisen, hat – hinterher betrachtet – meiner Schwester und mir das Leben gerettet. Meine Mutter und meine Großeltern kamen in ein Lager (Zimne Wody = Kaltwasser), in das normalerweise auch Kinder eingewiesen wurden. Nur wenige Erwachsene haben den Aufenthalt dort überlebt, als Kinder hätten wir keine Überlebenschance gehabt. Mein Großvater bzw. meine Großmutter waren nach knapp drei bzw. nach sechs Wochen tot. Meine Großmutter hatte gewagt zu sagen, dass sie in Bromberg doch nur zu Besuch bei ihrem Schwiegersohn war, der von Beruf Polizeibeamter gewesen sei. Diese Berufsbezeichnung hätte sie nicht erwähnen dürfen. Als Folge wurde sie so zusammengeschlagen, dass sie bis zu ihrem Tod kaum noch ein Wort sagte. Meine Mutter war in der Stunde des Todes bei meiner Großmutter und musste mit ansehen, wie ihr von einem Aufseher die Goldzähne herausgerissen wurden. Auf ihre Intervention hin erhielt sie als Antwort: „Sei still und bind der Alten das Maul zu!"

Trotz einer Typhuserkrankung, während der meine Mutter ohne jegliche Pflege sich selbst überlassen war, überlebte sie diese erste Phase der Gefangenschaft, in der 90 % der Menschen starben. Eine positive Seite der schweren Erkrankung sollte nicht unerwähnt bleiben: Meine Mutter wurde dadurch von ihren epileptischen Anfällen befreit.

Intermezzo

Mit diesem 19. Februar 1945 begann eine fast vierjährige Trennungszeit von den Eltern. Keiner von uns konnte sich vorstellen, was dies bedeutete. Der menschlichen Phantasie, der kindlichen zumal, sind da einfach Grenzen gesetzt.

Bei der Familie des Schusters spielten wir mit unseren mitgebrachten Sachen und waren damit so beschäftigt, dass wir das „aufziehende Grollen" gar nicht bemerkten. Es war klar, dass unsere Anwesenheit Unruhe in die Familie gebracht hatte, und der alte Schuster stellte offen die Frage: „Wie sollen wir diese fremden Kinder ernähren, und wo sollen sie bei dem knapp vorhandenen Raum auf Dauer untergebracht werden?" Alle Polen wussten, im Gegensatz zu uns, was mit den Deutschen geschehen würde. Sie konnten daraus schließen, dass meine Mutter keine Chance hatte zurückzukehren.

Deshalb brachten sie uns nach zwei Tagen in ein Kindersammelheim am Rande der Stadt.

Als meine Mutter nach Wochen dennoch überraschend in der Wohnung des Schusters auftauchte – begleitet von einem bewaffneten polnischen Wachposten – behauptete die Familie, wir seien abgeholt worden. Mehr wisse man nicht. Meine Mutter, gekennzeichnet mit einem großen Hakenkreuz auf dem Rücken, ging mit ihrem Bewacher frustriert und besorgt wieder zurück ins Lager.

Im Heim holte uns die Realität schnell ein, denn sowohl die Unterkunft in Massenräumen als auch die Ernährung und der Tagesablauf waren miserabel. Meine Schwester und ich verkrümelten uns meist im Haus in eine Ecke und beobachteten mit offenem Mund das Geschehen. Solange wir noch zusammen waren, konnten wir uns weitgehend miteinander beschäftigen und nahmen die Umgebung nur schemenhaft wahr. Trotzdem fiel uns auf, dass immer wieder Erwachsene auftauchten und danach Kinder verschwanden.

So dauerte es nur wenige Tage bis meine Schwester von einer Frau mitgenommen wurde. Sie schaute mich beim Abschied rückwärts blickend noch einmal fragend an, so, als ob sie sagen wollte, was soll ich machen, aber sie weinte nicht.

Erstmals spürte ich von da ab Einsamkeit, begann zu heulen und lief verloren im Haus herum.

Nach etwa vierzehn Tagen saß ich schluchzend auf einer Treppe, als ich von einer Frau mittleren Alters in kaum verständlichem Deutsch angesprochen wurde: „Willst du mit mir kommen, Junge?" Ich blickte auf, stutzte einen Moment, sagte dann doch recht spontan: „Ja, Tante."

Wir packten meine wenigen Sachen zusammen und gingen zum Ausgang. Dort wurde in einem Buch festgehalten, wohin ich ausgeliefert worden war. Das sollte später noch einmal Bedeutung bekommen.

Wir fuhren mit einer Straßenbahn quer durch die Stadt und gingen dann wenige Schritte zu Fuß, um vor einem großen Miethaus Halt zu machen. Das war mein neues Zuhause. Unterwegs hatten wir kaum miteinander gesprochen, denn neben Schüchternheit waren beiderseits nicht vorhandene Sprachkenntnisse der Grund. Meine künftige Pflegemutter sprach kaum Deutsch, ich konnte kein Polnisch. In dem Haushalt lebten damals noch eine Babcia (Oma) und ein finster dreinschauender Ehemann, der mich mürrisch mit den Worten empfing: „Ab heute heißt du Henryk Waligora und sprichst Polnisch." So schnell kann man Pole werden!

Ich kann mich noch gut erinnern, dass ich bereits an einem der ersten Tage zum Spielen nach draußen durfte. Es war Anfang März; draußen, im Hof und auf der Straße, lag noch ein wenig Schnee. Ich hatte ein Schippchen in der Hand und schaufelte den Schnee zur Seite. Auf einmal kamen Kinder aus dem Haus und riefen: „Niemiec, Niemiec..." (Deutscher, Deutscher....). Das war ein Schimpfwort. Sie hörten nicht auf zu rufen, so dass ich flüchtete und in der Wohnung Schutz suchte. Beim nächsten Rausgehen war ich vorsichtiger und habe mich nur dann auf die Strasse oder den Hof gewagt, wenn ich sicher war, dass niemand anwesend war.

Das Verhältnis zu anderen Kindern normalisierte sich jedoch schnell. Auch die sprachlichen Hürden waren bald überwunden. Als ich beispielsweise im Herbst 1945, also nach einem halben Jahr Aufenthalt in polnischer Umgebung, eingeschult wurde, waren meine Sprachkenntnisse so gut, dass angeblich niemand mehr gemerkt haben soll, dass ich kein Pole war.

1947: In polnischer Schulklasse in Bydgoszcz
(ich: oben, dritter von links)

Im Übrigen war ich ein recht guter Schüler; meine Noten bewegten sich meist zwischen „dobrze" (gut) und „bardzo dobrze" (sehr gut).

ŚWIADECTWO SZKOŁY POWSZECHNEJ

Waligóra Henryk

(nazwisko i imię)

urodzon.... dnia ....*19 lutego*.... 193*8* r. w ....*Berlinie*....,

gminy ...., powiatu ....,

uczęszczał.... do klasy ....*drugiej "a"*.......... i otrzymał....

za rok szkolny 19....*16/47* oceny następujące:

sprawowanie *bardzo dobry*	geologia . . . . .
religia . . *bardzo dobry*	fizyka . . . . . .
język polski *bardzo dobry*	chemia . . . . .
język	matematyka . . . *bardzo dobry*
historia	rysunek . . . . . *dobry*
nauka o Polsce i świecie współcz.	prace ręczne . . . . *dobry*
....	śpiew . . . . . . *dobry*
geografia	wychowanie fizyczne . *dobry*
biologia	

Opuścił.... dni szkolnych *7* w tym nie usprawiedliwiono ....

Na tej podstawie ....*przechodzi do klasy trzeciej*

Publiczna Szkoła Powszechna

im. *Ks. Piramowicza* .... Nr *7*

w *Bydgoszczy*, powiat ....

Nr *19* dnia *28 cz...* 194*7* r.

Maria Korniecz...

Opiekun klasy   Kierown.... Szkoły

Skala ocen: bardzo dobry, dobry, dostateczny, niedostateczny.

P. 3

1947: Mein Schulzeugnis

Um kein Außenseiter zu sein, setzte ich alles daran, nicht aufzu-
fallen. So schlenderte ich einmal mit einem Jungen die Straße
entlang, und wir plauderten miteinander. Plötzlich begegneten wir einem Russen. Ich blickte keck geradeaus und zuckte
zusammen als der Junge plötzlich rief: „Das ist ein Niemiec"
(Deutscher) und auf mich deutete. Den Russen interessierte dies
in diesem Fall nicht im Geringsten, aber ich spüre den Schreck
heute noch, wenn ich daran denke.

Meine Schwester

Bereits in den ersten Wochen bei meiner Pflegefamilie wies ich meine Pflegemutter immer wieder darauf hin, dass ich noch eine Schwester habe. Die Hartnäckigkeit, mit der ich dies als kleiner Knirps immer wieder vortrug, führte nach wenigen Wochen zum Erfolg. Meine Pflegemutter raffte sich auf und fuhr zu dem Kinderheim, um sich die Adresse zu notieren, unter der meine Schwester untergekommen war. Wir besuchten sie. Es war nur ein kurzer Besuch, und die Atmosphäre war frostig. Immerhin wurde vereinbart, sich bei uns in absehbarer Zeit wieder zu treffen.

Inzwischen war es Sommer (im Jahre 1945) geworden. Ich erinnere mich, dass er sehr heiß war und wir alle wenig anhatten. Gegen 15.00 Uhr schellte es, und meine Schwester stand mit ihrer noch recht jungen Pflegemutter vor der Tür. Meine Schwester strahlte und hielt in ihren Händen ein Holzauto. Sie zeigte mir sofort, dass man dieses Auto hinter sich her ziehen könne; dabei wippte ein Männchen, das im hinteren Teil eingebaut war. Wie sie mir später erzählte, hatte sie es von einem Nachbarn geschenkt bekommen. Es war ihr einziges Spielzeug. Aber das Auto war ihr nicht so wichtig; sie war glücklich, endlich ein ihr bekanntes Gesicht zu sehen, zu dem sie Vertrauen hatte.

Ich weiß heute nicht mehr, ob Kaffee getrunken wurde (sicherlich) und über was sich die Erwachsenen unterhielten. Wir Kinder spielten, ich zeigte meiner Schwester den Hof und das daran anschließende freie Feld, wo ich immer herumtobte. Andere Kinder waren Luft für uns. Diese sommerliche Idylle wurde beendet, als meine Schwester plötzlich sagte: „Ich muss einmal!" Wir gingen zurück in die Wohnung. „Sie muss Pipi", rief ich ins Zimmer und unterbrach damit die Unterhaltung.

Meine Pflegemutter holte einen Nachttopf, zog ihr das Höschen runter und setzte sie auf den Topf. Als das „Geschäft" beendet war und meine Pflegemutter meiner Schwester das Höschen wieder hochziehen wollte, hielt sie einen Augenblick inne und rief entsetzt: „Das Kind hat ja lauter blaue Flecken und grüne Striemen am Rücken und am Po!"

Sie betrachtete sich Rücken und Po intensiver und blickte unsere Besucherin fragend an. Diese zeigte keine Regung, rauchte ihre Zigarette weiter und meinte lakonisch: „Ich bin an ihr nicht mehr interessiert. Sie heult soviel und ist nicht sauber; sie ist einfach ein unverträgliches Kind. Ich habe mir die Sache mit ihr ganz anders vorgestellt; ich habe mit diesem Kapitel innerlich längst abgeschlossen!"

Zunächst herrschte Sprachlosigkeit. Einer blickte den anderen an. Da fing meine Schwester plötzlich an zu weinen. „Sehen Sie, so ist das immer mit ihr", warf die junge Frau in die Runde. Nach einer weiteren Schweigeminute ergriff meine Pflegemutter die Initiative. „Wenn Sie an dem Kind nicht mehr interessiert sind, kann es ja bei uns bleiben. Wenn wir schon einen von der Sorte haben (damit war ich gemeint), so können wir zunächst auch seine Schwester nehmen." Die andere Frau war sofort damit einverstanden. „Dann habe ich ein Problem weniger", sagte sie und verließ die Wohnung ohne einen Gruß.

Meine Schwester begriff nicht sofort, dass über ihr weiteres Schicksal gerade entschieden worden war. Das war ihr aber auch in diesem Moment egal, Hauptsache sie konnte bei einer ihr vertrauten Person bleiben.

Mein anfängliches Drängen hatte zu einem nicht erwarteten Erfolg geführt; wir wurden nach einer knapp halbjährigen Trennung wieder vereint. Die Freude hielt allerdings nur ein paar Tage an, denn meine Schwester verkraftete die Umstellung nicht. Sie erkrankte.

Es wurde so schlimm, dass wir sie ins Krankenhaus bringen

mussten. Dort verbrachte sie mehr als ein halbes Jahr und durchstand unzählige Krankheiten, deren Einzelheiten ich nicht erfuhr. Bei unseren Besuchen durften wir sie teilweise nur durch eine Glastür sehen, was darauf schließen lässt, dass sie unter anderem an einer ansteckenden Krankheit (z. B. Typhus) erkrankt war.

Als wir sie nach einem halben Jahr im Winter 1946 aus dem Krankenhaus abholten, mussten wir ihr erst wieder das Gehen beibringen. Nach den überstandenen schweren Krankheiten erholte sie sich aber rasch und war anschließend ein relativ gesundes Kind.

Auf dem Lande

Im Herbst 1945, meine Schwester lag zu diesem Zeitpunkt im Krankenhaus, trat mein Pflegevater eine Stelle als Verwalter auf dem Land an. Da gleichzeitig die Häuser in unserer Strasse von den Russen für einige Wochen beschlagnahmt wurden, mussten wir alle mitziehen. Ich weiß nicht mehr, wie weit dieses Gut von Bydgoszcz (Bromberg) entfernt war, aber ich habe in Erinnerung, dass es dort sehr sandig, staubig und hügelig war. Die Zeit dort ist mir aus zwei Gründen in Erinnerung geblieben. Ich begegnete einer Gruppe von Menschen, die ich zunächst nicht einordnen konnte, und ich machte meinen ersten (und einzigen) Ritt zu Pferde.

Gleich nach der Ankunft lief ich neugierig auf dem Gelände herum und erforschte die Gegend. Auf einmal näherte ich mich zwei barackenähnlichen Gebäuden, die von einem Zaun umgeben waren. In den Gebäuden, aber auch in dem umzäunten Gelände bewegten sich Personen, fast ausschließlich Frauen und Kinder. Ich schlich um den Komplex, und als ich den Eindruck hatte, beobachtet zu werden, drehte ich mich um und lief davon. An einem der nächsten Tage wiederholte ich meinen Versuch, das Geheimnis dieser Baracken und der dort untergebrachten Menschen zu lüften.

Ich spürte, dass diese Leute irgendetwas mit mir, meiner Vergangenheit, zu tun haben mussten. Aber ich wagte nicht nachzufragen; eine unsichtbare Mauer stand zwischen uns. Später erfuhr ich, dass es sich um Deutsche handelte, die hier von einem Lager zum Ernteeinsatz abkommandiert waren. Auf die Idee, dass hier eventuell auch meine Mutter hätte sein können, kam ich nicht. Ich lebte in einer anderen Welt.

1947: Mit den WALIGORAS (links die Pflegeeltern)

Ich weiß nicht mehr, ob die Landarbeiter dort meine Identität kannten oder nicht. Auf jeden Fall hatten sie eines Tages ihre besondere Freude daran, mich auf ein ungesatteltes Pferd zu setzen. Da ich vorher noch nie geritten war, braucht man nicht viel Phantasie, um sich vorzustellen, welche Folgen ein leichter Peitschenhieb auf das Hinterteil des Pferdes für mich hatte. Das Pferd startete durch, ich purzelte rückwärts herunter und lag auf dem Boden. Die mich umgebenden Gesichter grinsten hämisch, sagten aber keinen Ton, fingen das Pferd ein und führten es wieder in den Stall zurück. Ich kann mich nicht erinnern, dabei verletzt worden zu sein, was ich wohl in erster Linie dem weichen Sandboden zu verdanken hatte. Nach diesem Erlebnis bin ich nie mehr in meinem Leben auf ein Pferd gestiegen.

Der Aufenthalt auf dem Land endete abrupt, weil mein Pflegevater erkrankte. Er hatte schon immer tüchtig dem Alkohol zugesprochen. Das Fass zum Überlaufen brachte der zusätzliche Genuss von Gurken. Diese Mischung, vielleicht auch noch einiges mehr, verursachte bei ihm Magen- und Darmkoliken, die tagelang anhielten. Ein kurzer Krankenhausaufenthalt schloss sich an.

Da sich ferner herausstellte, dass er für die Verwaltung eines Landgutes weniger geeignet war, und die Russen inzwischen die Gebäude in unserer Wohnstrasse in Bydgoszcz (Bromberg) geräumt hatten, kehrten wir Anfang 1946 dorthin zurück.

Die Entlassung des Pflegevaters durch die Verwaltung des Gutes hatte Folgen für uns. Sie führte unter anderem zu einem Ernährungsengpass. Wochenlang aßen wir fast nur Zucker, den die Russen nach Rückzug aus dem Wohngebiet säckeweise zurückgelassen hatten. Uns Kindern machte es am Anfang Spaß, diese weiße, süße Masse aus einem Teller zu lecken. Aber Zucker als fast ausschließliches Nahrungsmittel war selbst nach den damaligen Kenntnissen nicht unbedingt gesund.

Die Folgen spürten wir Kinder wenig später. Der Körper, insbesondere die Beine wurden mit Furunkeln überwuchert. Wir drückten die Eiterherde aus und legten grüne Blätter darauf. Der Erfolg war meist gering. Ärztliche Hilfe gab es auch nicht. Diese Prozedur zog sich über mehrere Wochen hin; Schuld daran war sicher nicht nur der Zucker, sondern die Kombination aus unzureichender Ernährung und mangelnder Hygiene. Aber irgendwann heilten die Wunden dann doch; an den Beinen kann ich heute noch die zurückgebliebenen Narben gut erkennen.

Zur Entlastung des Budgets zogen die ebenfalls miteinander verheirateten Geschwister meiner Pflegeeltern (Bruder meines Pflegevaters und Schwester meiner Pflegemutter) bei uns ein. Die Raumsituation wurde dadurch jedoch prekärer: wir mussten zu viert (mit unseren Pflegeeltern) in einem Ehebett schlafen. Wir Kinder waren jedes Mal froh, wenn der Pflegevater im Rahmen seiner neuen Tätigkeit außerhalb des Hauses übernachtete und uns damit wenigstens für Tage im Bett Platz machte.

Kirchgang mit Folgen

„Henryk, mach dich fertig und wasch dir die Hände, wir gehen in die Kirche", rief die Babcia (Großmutter), Mutter meiner Pflegemutter. Zu der Zeit lebten in der Wohnung neben meinen Pflegeeltern und der Babcia noch deren Geschwister, die ein Baby erwarteten. Solange die Babcia noch lebte (sie starb leider recht bald), sind wir oft in die katholische Kirche gegangen. Die Babcia war eine fromme Frau und nutzte jede Gelegenheit zum Kirchgang, was in Polen nichts Ungewöhnliches war: Die Frömmigkeit ist dort stärker ausgeprägt als bei uns in Deutschland. Ich folgte freudig dieser Aufforderung, denn der Gang zur Kirche war für mich eine Abwechselung und ein emotionales Erlebnis, das mir, der ich evangelischer Christ bin, bis zu diesem Zeitpunkt – ich war etwa sieben Jahre alt – unbekannt war.

Wir verließen das Haus. Es war ein herrlicher Frühlingstag im Marienmonat Mai, der Monat, der der Mutter Gottes gewidmet war. Der Kirchenraum war reichlich mit Blumen geschmückt, und es wurde viel gesungen. All das beeindruckte mich als Kind sehr. Neben den Mariengottesdiensten im Mai habe ich noch die Gottesdienste zur Passionszeit mit Abgehen der Kreuzwegstationen in guter Erinnerung.

Als der Gottesdienst zu Ende war, und kurz bevor wir die Kirche verließen, kamen wir an einer Kabine vorbei, deren Bedeutung mir bis dahin unbekannt war. Ich fragte die Babcia danach. „Dies ist ein Beichtstuhl, hier kannst du deine Sünden bekennen." Bei meiner Nachfrage, was eine Sünde sei, murmelte sie für mich kaum Verständliches vor sich hin. Aber es befanden sich Worte wie Naschen, Stehlen, Lügen darunter. Da wurde mir ganz bange. Aber ich ahnte zu diesem Zeitpunkt noch nicht, dass mich das Thema an diesem Tag noch stark beschäftigen sollte.

Zu Hause angekommen, bemerkte ich, dass sich etwas Außergewöhnliches ereignet hatte. Es herrschte große Aufregung, weil Geld abhanden gekommen war. Die jüngere der beiden Familien hatte etwa 1000 Zloty gespart, um dafür einen Teil der Ausstattung für das demnächst zu erwartende Baby kaufen zu können. Nun war das Geld weg, und alle rätselten, wo es geblieben sein könnte. Hat es eventuell jemand gestohlen? Jeder Einzelne wurde befragt; es wurde hin und her überlegt und durcheinander geredet.

Plötzlich fiel der Blick auf mich. „Henryk, bist du etwa der Dieb?" Ich kroch unter den Tisch und schwieg eine ganze Weile. Aber die bohrenden Blicke, die mich auch durch die Tischplatte erreichten, taten ihre Wirkung. Ich tauchte wieder auf, nahm gehörigen Abstand zu allen und verkündete mit stockender Stimme: „Ja, ich habe das Geld genommen. Es lag hier in dieser Schublade." Ich deutete auf die untere Lade in dem vor uns stehenden Schrank. Ich hob langsam meinen Kopf und blickte auf erstarrte Gesichter. Ich verzog mich schnell in die äußerste Ecke des Zimmers mit dem Rücken zur Wand und erwartete ein größeres Donnerwetter. Aber zunächst interessierte alle nur, wo das Geld geblieben sei bzw. wofür ich es gebraucht hätte. Auch hier schwieg ich zunächst lange, schlüpfte dann aber plötzlich an allen Personen vorbei ins Schlafzimmer und kehrte verschämt mit den Objekten meiner Begierde in der Hand zurück.

Alle blickten mir gespannt entgegen. Ich legte die von mir gekauften Gegenstände auf den Tisch: Bibel, Gesangbuch und Rosenkranz.

Der Anblick dieser christlichen Utensilien verwirrte mindestens ebenso wie der Diebstahl selbst. Vielleicht war das der Grund, warum die in solchen Fällen üblichen Prügel ausblieben.

Der jüngere der Brüder Waligora bemerkte sarkastisch: „Der intensive Kirchenbesuch mit der Babcia habe wohl reife Früchte getragen."

Die Eisscholle

„**K**omm, Henryk, gehen wir hinunter zum Fluss, das Eis ist aufgebrochen. Dieses Schauspiel dürfen wir uns nicht entgehen lassen." Ich überlegte nicht lange und folgte der Aufforderung des Nachbarjungen, dessen Namen ich vergessen habe.

Wir wohnten beide in einer Sackgasse, und das Ende der Straße führte direkt zur Brahe, einem Nebenfluss der Weichsel, der nach der Schneeschmelze beachtliche Wassermassen transportierte. Der Winter des Jahres 1947 war auch nach Aufzeichnung der Meteorologen sehr kalt gewesen. Die Brahe war zugefroren, so dass wir uns wochenlang auf dem Eis tummeln konnten. Inzwischen war es aber März, es war wärmer geworden, hatte getaut, so dass das Eis langsam in Bewegung geriet.

Wir rannten die Strasse hinunter und erreichten die Treppen, die zum Fluss führten. Welch ein Anblick! Die Eismassen trieben flussabwärts, blockierten sich manchmal gegenseitig und bäumten sich dabei leicht auf. Dazu herrschte eine rege Geräuschkulisse, denn die Eisschollen gerieten immer wieder aneinander. Es knirschte regelrecht als wollten sie sagen: Nun mach mir mal Platz! Ich bin größer und gewaltiger als du! Andererseits bildeten sie optisch eine Einheit, wenn sie sich ineinander schoben; die Lücken dazwischen waren mit dem bloßen Auge kaum zu erkennen. War das nicht ein verlockendes Angebot für uns Neunjährige?

Ich weiß nicht mehr, wer zuerst rief: „Ab auf die Schollen. Wir wollen auch einmal Kapitäne sein!" Wir wollten uns schon auf das Eis stürzen, als uns noch rechtzeitig einfiel, dass wir zur Steuerung einen Knüppel benötigen. Nach kurzem Suchen wurden wir fündig und klemmten den im Verhältnis zu unserer eigenen Größe gigantischen Ast unter den Arm.

Nun galt es den richtigen Zeitpunkt für den Sprung auf das

Eis abzuwarten. Endlich trieb eine akzeptable Scholle auf uns zu und war bald nahe genug, dass wir den Sprung auf das Eis wagen konnten. Mit einem lauten Schrei landeten wir auf der Eisscholle, sahen uns an und waren stolz, dies geschafft zu haben. Die erste Scholle diente uns allerdings nur als Einstieg in den Fluss, sie war uns noch zu klein.

So sprangen wir nach und nach von Scholle zu Scholle, bis wir die richtige gefunden hatten. Aufgrund ihrer Ausmaße hätten noch mehr Kinder Platz darauf gefunden.

Die Phase der ersten Anspannung war beendet. Wir waren zufrieden, trieben leicht flussabwärts und fühlten uns wie echte Kapitäne. Um das Gleichgewicht nicht zu verlieren, wippten wir in den Knien, veränderten immer wieder unsere Position und setzten ab und zu unseren Knüppel zur Steuerung ein. Wir ließen die Stadt hinter uns.

Plötzlich gab es einen heftigen Schlag. Unsere Scholle war auf eine andere Scholle aufgelaufen, und wir fielen hin. Im gleichen Moment war es mit unserer inneren Ruhe vorbei, Angst machte sich breit, zumal der Nachbarjunge mit den Füßen im Wasser hing. Ich stabilisierte meine Stellung, kniete nieder und hielt ihm meinen Knüppel hin. Er fasste ihn und konnte ganz langsam mit beiden Beinen wieder auf die Eisscholle robben. Dieser Vorgang spielte sich automatisch ab und hatte sicherlich nicht allzu lange gedauert. Wir empfanden das damals allerdings anders.

Nun waren Füße, Strümpfe und der untere Teil seiner Hose nass. Die Euphorie war dahin, zumal er zu frieren begann. Neue Kapitänsfreude wollte nicht aufkommen, so dass wir nunmehr versuchten, dem Ufer wieder näher zu kommen. Mit Hilfe unseres Knüppels kämpften wir uns Meter für Meter heran, aber die Elemente waren meist stärker und widersetzten sich unserem Willen. Inzwischen hatten wir weniger besiedeltes Gebiet erreicht.

Nach einiger Zeit änderten wir unsere Taktik, verließen „unsere" Scholle und sprangen ganz vorsichtig von Eisscholle zu Eisscholle landwärts. Dieses Vorgehen war mühsam und zehrte an unseren Kräften. Fast resignierten wir schon, als plötzlich am Ufer eine Person auftauchte; es war ein Mann mittleren Alters. Wir winkten ihm zu und konnten seine Aufmerksamkeit auf uns lenken.

Zu unserem Glück waren wir in einem strömungsärmeren Teil des Flusses gelandet, und die Lautstärke der ächzenden Eisschollen hatte sich soweit reduziert, dass wir mit dem Mann sprechen konnten.

Er erfasste schnell unsere Situation und machte uns durch lautes Rufen auf begehbare Schollen aufmerksam. Als wir nahe genug am Ufer waren, reichte er uns einen langen Ast, den er in der Nähe gesucht und gefunden hatte, und zog uns damit ans Ufer. So erreichten wir nacheinander wieder festen Boden unter den Füßen, warfen unsere Knüppel weg und saßen erschöpft da. Auch meine Schuhe, Beine und die Hose waren inzwischen nass.

Wir erholten uns aber relativ schnell, sahen den Mann von unten an, murmelten „Danke" und rannten plötzlich davon. Er blickte uns verdutzt nach und rief noch etwas hinter uns her, was wir aber nicht verstanden.

Wir liefen so schnell wie wir konnten, und blieben erst stehen, als wir außerhalb seiner Sichtweite waren. Nun warfen wir uns auf den nassen Boden und verschnauften, ehe wir unseren Weg fortsetzten. Warum wir gegenüber „unserem Retter" so und nicht anders reagiert hatten, kann ich heute nur mit Angst vor Strafe interpretieren. Wir benötigten noch eine halbe Stunde, um unser Zuhause zu erreichen, schlichen uns in die Wohnungen und verrieten mit keiner Silbe, was passiert war. Da sich die „Schollenfahrt" tagsüber abgespielt hatte, war unsere Abwesenheit auch nicht weiter aufgefallen.

Die Ursache für die dann prompt einsetzende fiebrige Erkältung ist nie bekannt geworden.

Frau Glyda

Eines unserer Lieblingsspiele – neben Fußball und Besuch von Sandbahnrennen im nahe gelegenen Stadion – war „Klutsch". Ich weiß nur noch, wie es ausgesprochen wird. Die polnische Schreibweise ist mir nicht mehr bekannt. Zunächst mussten wir einen Kreis mit einem zwei bis drei Meter großen Durchmesser ziehen. Ein Mitspieler stand in oder vor diesem Kreis, warf ein etwa 20 bis 30 cm langes Holzstück, das an beiden Seiten angespitzt war, in die Höhe und schlug mit Hilfe eines Knüppels dieses so weit wie möglich vom Kreis entfernt ins Feld. Der zweite Mitspieler stand in einiger Entfernung vom Kreis und versuchte, dieses Holzstück zu fangen. Gelang ihm das, durfte er drei Schritte vorwärts in Richtung Kreis laufen, blieb dann stehen und probierte, das Holzstück in den Kreis zu werfen. Bei Erreichen des Zieles wurden die Rollen getauscht. Der abwehrende Mitspieler hatte allerdings die Chance, dies mit Hilfe seines Knüppels zu verhindern. War das Holzstück aufgrund erfolgreicher Abwehr nicht im Kreis gelandet, durfte er dieses möglichst weit weg vom Kreis hauen, indem er das Holzstück mit einem leichten Tipp auf ein spitzes Ende erst hoch und dann weit weg schlug. Die Schritte ab dem Punkt des liegen gebliebenen Holzstücks bis zurück zum Kreis wurden gezählt und als Pluspunkte registriert. Sieger war, wer eine bestimmte, vorher vereinbarte Punktzahl erreicht hatte.

Ich schildere dieses mit relativ primitiven Mitteln mögliche Spiel so ausführlich, weil es mir in Deutschland nie mehr begegnete. Eines Tages, es dürfte im Laufe des Jahres 1947 gewesen sein, spielten wir wieder einmal „Klutsch", als vom Haus aus die Stimme meiner Pflegemutter erscholl: „Henryk, Henryk, komm in die Wohnung." Es klang dringend. Ich ließ mir aber Zeit und beendete erst unser aktuelles Spiel.

Als ich mich dem Haus näherte, sah ich meine Schwester von der anderen Seite auf das Haus zukommen. Sie hatte den kleinen Edu, Sohn der jüngeren Waligoras, im Kinderwagen ausgefahren, woran ich mich ansonsten immer intensiv beteiligte. Wir benutzten dabei den Kinderwagen als Straßenbahnersatz, markierten Haltestellen, und einzelne Kinder durften uns von einer bestimmten vorher festgelegten Haltestelle zur nächsten begleiten. Die Kinder saßen dabei nicht im Kinderwagen, sondern hielten sich an der Seite des Wagens fest und liefen bis zum Zielpunkt mit.

Wir betraten fast gleichzeitig die Wohnung und wurden in der Küche von unserer Pflegemutter empfangen. Dort saß auf einem Stuhl eine freundlich lächelnde, nicht mehr ganz junge Frau und sah uns erwartungsvoll an. Irgendwie glaubte ich, sie schon einmal gesehen zu haben, konnte mich aber nicht erinnern, wo das gewesen sein könnte. Ich muss wohl misstrauisch geblickt haben, denn sie sprach mich direkt an. Mit einem freundlichen Unterton sagte sie: „Ich bin Frau Glyda und habe Kontakt zu eurer Mutter. Während der deutschen Zeit war ich ihre Schneiderin. Ihr habt mich doch öfter zur Anprobe besucht. Hansi, kannst du dich noch an das graublaue Mäntelchen erinnern, das ich für dich genäht habe?" Diese Frau sprach mit uns polnisch, gebrauchte aber meinen deutschen Vornamen und dann auch noch in Koseform: „Hansi!" War ich das wirklich? Ich wurde verlegen, blieb aber zunächst stumm, ebenso wie meine Pflegemutter. Jetzt wusste ich zumindest, woher ich diese Frau kannte.

Sie erzählte uns weiter, dass sie Kontakt zu unserer Mutter habe und dass sie sie ab und zu besuche, um ihr lebensnotwendige Kleinigkeiten zu bringen. Die Zeiten seien zwar allgemein schlecht, aber meine Mutter sei zu deutscher Zeit immer gut zu ihr gewesen, und dafür sei sie heute noch dankbar.

1957: Meine Schwester und ich mit Frau GLYDA in Wiesbaden

Als wir später wieder in Deutschland lebten, besuchte sie uns einmal (1957). So konnten wir uns für die damals nicht selbstverständliche Haltung persönlich bedanken.

Die Unterhaltung setzte sich fort, sie stellte unbefangen Fragen zur Schule und, was angesichts meines niedrigen Alters erstaunlich war, ob ich auch schon Berufswünsche hätte. „Hansi" (sie konnte und wollte nicht Henryk sagen), „weißt du schon, welchen Beruf Du einmal ergreifen möchtest?" Ich trat aus meiner Reserve heraus und antwortete sofort: „Baumeister". Sie hakte nach und fragte nach den Gründen. Auch jetzt antwortete ich prompt: „Ich möchte Polen wieder aufbauen." Solch ein Satz war deshalb verwunderlich, weil Bromberg wenig zerstört worden war und ich andere Städte zu diesem Zeitpunkt nicht kannte. Vielleicht war ich ein Patriot! Schlichter gesagt: Ich spielte gern mit Baukästen und setzte später mit Vergnügen Puzzles zusammen.

Nun sah Frau Glyda den Zeitpunkt gekommen, uns ihr Anliegen vorzutragen. Meine Mutter war im Moment in einem Steinbruch eingesetzt und hatte den Wunsch und auch die Erlaubnis seitens der Lagerleitung erhalten, uns Kinder an einem Sonntag zu empfangen. Sie, Frau Glyda, würde mit uns mit dem Zug dort hinfahren.

Meine Pflegemutter schwieg dazu. Meine Schwester war noch zu klein, um eine Meinung zu haben. Nun war ich an der Reihe. Die beiden Frauen schauten mich an. Ich weiß nicht, was mir in diesem Moment alles durch den Kopf ging, aber ich erinnerte mich blitzartig an die epileptischen Anfälle meiner Mutter und die Folgen für mich und sagte: „Nein!" Ich sagte das so bestimmt, dass keiner versuchte, mich umzustimmen. Wie tief mussten diese Erlebnisse in mir sitzen! Die polnische Schneiderin nahm meine Schwester gleich mit, weil sie am nächsten Morgen früh losfahren wollte. Aus Erzählungen weiß ich, dass die beiden am nächsten Tag sehr früh starteten, um meiner Mutter einen Arbeitstag zu ersparen. Meine Mutter war glücklich, wenigstens ein Kind bei sich zu haben, so dass mein Fernbleiben nur geringe Enttäuschung hinterließ.

Meine Mutter bemühte sich den ganzen Tag, meine Schwester für sich zu gewinnen. Aber meine Schwester erklärte immer wieder, dass sie nicht ihre Mutter sei, diese wohne in Bydgoszcz. Erst als meine Schwester gegen Abend ermüdete und einschlief, konnte meine Mutter sie in die Arme nehmen und den ganzen Körper abküssen. Diese Situation erregte meine Mutter emotional so sehr, dass sie auf die Idee verfiel, meine Schwester nicht wieder herzugeben.

Auf dem Weg zum Zug hatte Frau Glyda große Mühe, ihr dies auszureden. Trotz allem Verständnis für ihre Reaktion müsse es in ihrem eigenen Interesse liegen, von ihrem Vorhaben abzusehen. Sie würde sich nur Schwierigkeiten mit den polnischen Behörden und der Lagerleitung einhandeln, und ihr Kind hätte eine geringere Überlebenschance als jetzt bei den Waligoras.

Nach diesem emotionalen Ereignis beruhigte sich für uns die Situation für eine Weile. Im Mittelpunkt stand bei mir der Schulbesuch. Ich konzentrierte mich ausschließlich darauf, was sich auch in guten Zeugnisnoten ausdrückte.

Hinter den Kulissen sah dies anders aus. Meine Mutter hatte unsere Adresse seinerzeit von einer Bäuerin erfahren, bei der sie einmal gearbeitet hatte (diese war zum Kindersammelheim gefahren und hatte sich die Adressen dort notiert). Meine Mutter wiederum teilte unsere Anschriften meinem Vater in Deutschland über eine seit Jahrzehnten in Berlin lebende Schwester meines Vaters mit. Mein Vater stellte dann Auslieferungsanträge über das Rote Kreuz in Warschau. All dies bekamen wir aber nicht mit.

Auf dem Weg nach Deutschland

Im Herbst 1948 wendete sich wieder einmal mein Leben. Ich war zu diesem Zeitpunkt mit vielen Dingen unzufrieden. Ein heißer Wunsch von mir war es, zur Kommunion gehen zu dürfen. Alle Schulkameraden und Freunde empfingen diese in Polen hoch emotionale Weihe. Nur ich nicht! Zu dem damaligen Zeitpunkt (inzwischen war eine gewisse Normalität der Verhältnisse eingetreten) mussten meine Eltern dafür die Genehmigung erteilen. Das taten sie nicht, weil wir nicht katholisch waren. Ferner durfte ich nicht mehr regelmäßig zur Schule gehen, das heißt ich blieb zu Hause, wenn angeblich wieder einmal ein Transport nach Deutschland angesagt war. Damals verstand ich weder die jeweiligen Entscheidungen noch den Hintergrund dazu.

Wie ich im Nachhinein erfahren habe, verhandelte während dieser Zeit meine polnische Pflegemutter mit den jeweiligen Behörden mit dem Ziel, mich zu behalten und meine Schwester abzugeben. Am Ende musste sie uns beide abgeben.

Anfang November 1948 packten wir unsere Sachen und fuhren mit unserer Pflegemutter ins nahe gelegene Städtchen Naklo (Nakel). Dort, in einem Zwischenlager, sah ich erstmals nach 3 ½ Jahren unsere Mutter wieder. Das Zusammentreffen war eher ein Schock für uns: vor uns stand eine zerlumpte, abgemergelte Frau! Nach all den Leiden, die sie während der ganzen Zeit erlitten hatte, erkannten wir sie nicht. Das sollte unsere Mutter sein?!

Da uns Kindern Hintergrundwissen über die jüngste Vergangenheit unserer Mutter fehlte, verhielten wir uns zunächst sehr passiv, das heißt, wir wendeten uns eher von ihr ab und der uns vertrauten polnischen Pflegemutter zu, die noch einige Tage bis zur Abfahrt des Transportes bei uns blieb. Welche Gefühle müssen die beiden Frauen in diesen Momenten durchlaufen haben!

In den paar Tagen bis zur Abfahrt des Transportes hatten wir also zwei „Mütter". In der Nacht lag ich stets neben der polnischen Pflegemutter auf dem Strohsack, tagsüber versuchte uns unsere Mutter durch gemeinsame Spiele (z.b. sprangen wir in einer Scheune von oben ins weiche Stroh) wieder an sich zu gewöhnen. In den paar Tagen kam es immer wieder zu verbalen Auseinandersetzungen zwischen den Frauen (mal deutsch, mal polnisch), die ich kurz und knapp mit einer Äußerung beendete: „Am besten werfe ich mich vor den Zug, dann hat mich keine!" Da die „Mütter" mit solch einer Reaktion von mir nicht gerechnet hatten, herrschte bis zur Abfahrt des Transportes Schweigen.

Als der Transport dann endlich startete, erfuhren wir, dass der Zug zunächst nach Gubczyce (Leobschütz) an die tschechoslowakische Grenze und leider nicht gleich in die westlichen Besatzungszonen Deutschlands fuhr. Bevor wir uns nun endgültig von unserer Pflegemutter trennten und unserer leiblichen Mutter zuwendeten, ein paar Worte zu Situation der beiden Frauen.

Die Pflegemutter war zu diesem Zeitpunkt uneingeschränkt unsere Bezugsperson. Da sie uns an Kindes statt (zumindest mich) angenommen hatte bzw. annehmen wollte, hatte sich eine Beziehung aufgebaut. Da ihre Ehe kinderlos geblieben war, ergriff sie nach dem Krieg die Gelegenheit, ein (vermeintlich) elternloses Kind aufzunehmen. Ihr Mann stand diesem Kinderwunsch eher skeptisch gegenüber, zumal dieses Kind ein deutsches Kind war. Da ich aber in der Folgezeit kaum Schwierigkeiten bereitete (z.B. war ich ein guter Schüler), verstummte die Kritik und die Anwesenheit des Kindes (später der Kinder) wurde von ihm toleriert. Als dann aber die Verwicklungen einsetzten, weil meine Eltern noch lebten, musste sie die Last allein tragen. Sie lebte bis zum Schluss in der Hoffnung, wenigstens mich behalten zu können.

Als wir in dem Übergangslager an der tschechoslowakischen Grenze mehr als zwei Monate festgehalten wurden, keimte bei ihr noch einmal die Hoffnung auf, uns wieder (wenigstens vorübergehend) bei sich aufzunehmen. Sie nahm zu uns Kontakt auf. Aber meine Mutter ließ sich auf solche „Spielchen" (wie sie es nannte) nicht ein, so dass dies die letzte Kontaktnahme zu der polnischen Pflegemutter war. Daran änderte sich auch nichts, als wir in Deutschland angekommen waren.

Im Nachhinein bedaure ich sehr, dass der Kontakt völlig abgerissen war, aber man muss für beide Seiten Verständnis für dieses Verhalten haben.

Meine Mutter hasste alles „Polnische", weil es ihr Leben ruiniert hatte, und die Pflegemutter wollte an ihren Schmerz, der aus der Sicht ihres Mannes eher ein Irrtum war, nicht erinnert werden. Meine Mutter hatte die Jahre in Polen nur überstanden, weil sie einen eisernen inneren Willen zu überleben hatte, der sehr oft auf eine harte Probe gestellt wurde. Sie stieß vielfach an ihre physischen und psychischen Grenzen, bewegte sich fast immer am Abgrund und entging dem Tod mehrmals nur knapp. Sie erreichte zwar ihr Ziel, vereint mit ihrer Familie wieder in Deutschland zu leben, musste am Ende aufgrund des langen Lageraufenthaltes einen hohen Preis dafür bezahlen und starb mit 49 Jahren.

Ich als Kind war zu jung, um wegweisend eingreifen zu können, so dass ich die gesamte Problematik zunächst verdrängte. Später als ich älter und damit bereit und in der Lage war, die Situation zu entspannen und die beiden Frauen zueinander kommen zu lassen, war es zu spät; die beteiligten Personen lebten nicht mehr.

Meine Mutter atmete auf, als Sie endlich mit uns alleine war, und sie nutzte die Chance, uns wieder mehr an sich zu binden. Das Übergangslager an der tschechoslowakischen Grenze war alles andere als ein Erholungsheim. Wir hausten in großen

Sälen, genossen eher dürftiges Essen und fanden miserable hygienische Verhältnisse vor. Ich fiel mehrmals, in der Schlange nach Nahrung anstehend, in Ohnmacht und wurde immer stiller.

Allein auf sprachlichem Sektor machten wir mit Hilfe unserer Mutter Fortschritte. Wir Geschwister unterhielten uns zwar nach wie vor untereinander auf Polnisch, was meine Mutter unterbinden wollte, aber nicht konnte. Sie sorgte aber dafür, dass in ihrer Gegenwart nur deutsch gesprochen wurde. Im Übrigen war es meiner Mutter unbegreiflich, dass wir nach den knapp vier Jahren polnischen Daseins das Deutsche vergessen hatten (so wie ich heute umgekehrt kein Polnisch mehr kann).

Die Zeit dort war nicht nur jahreszeitlich, sondern auch inhaltlich trüb; ein Transport nach dem anderen verließ das Lager, und wir waren nicht dabei. Meine Mutter hatte sich zum Ziel gesetzt, spätestens Weihnachten 1948 im Westen zu sein und wurde immer unruhiger.

Etwa Mitte Dezember 1948 standen wir wieder einmal in einer Schlange und hofften, endlich wegzukommen. Die Schlange bewegte sich kaum vorwärts. Mit einem Mal scherte meine Mutter aus der Schlange aus, uns Kinder hatte sie links und rechts an die Hand genommen, stürmte an allen vorbei und stoppte erst vor der Lagerleitung, die für die Zuteilung des Transportes zuständig war. Ich weiß nicht mehr, was sie gesagt bzw. geschrien hatte. Auf jeden Fall hatte sie damit Erfolg, denn wir wurden für den Transport nach Deutschland zugeteilt und wenig später hieß es: „Stopp, Transportzug voll!"

Als dann der Transport am übernächsten Tag endlich startete, erwachte in mir wieder das Leben. Wir lagen zwar auf Stellagen in drei Etagen in Güterwagen übereinander, hungerten mehr oder weniger und brauchten vier Tage, um nach Hannover zu kommen, aber wir trugen Hoffnung in unseren Herzen, dass sich endlich etwas ändern würde. Dies beflügelte uns! Ich schlief kaum und schaute unablässig aus einem im Güterwagen eingearbeiteten Schlitz (ich lag ganz oben) in die dunkle Nacht hinaus. Selbst wenn der Zug stand (was oft vorkam) oder nur Schritttempo fuhr, suchten meine Augen nach jedem Lichtstrahl oder Schriftzug, den ich dann zu entziffern versuchte. Als der Zug bei Forst die Grenze nach Deutschland überschritt und in die sowjetische Zone einfuhr, sah ich erstmals bewusst deutsche Schriftzeichen.

Wie groß mein Hunger war, lässt sich daran erkennen, dass ich hätte „Steine essen" können. Wenn es weit nach Mitternacht als Mittagessen einen trockenen Kanten Brot gab, verzichtete meine Schwester auf einen Teil ihrer Ration und fütterte mich mit durch. Als dann endlich Hannover erreicht war, durften wir beim Roten Kreuz Milchsuppe essen. Ich verschlang unendliche Mengen mit der Folge, dass ich anschließend nur noch auf der Toilette saß, weil mein Verdauungssystem Speisen in dieser Menge nicht mehr gewöhnt war.

Den Rest der Fahrt von Hannover nach Wiesbaden-Schierstein durften wir in einem ganz normalen Personenzug genießen. Am 19. Dezember 1948 (dieser Tag ist seitdem unser „Heimkehrertag") stiegen wir um 21.30 Uhr in Wiesbaden-Schierstein aus dem Zug und wurden von dem Stationsvorsteher empfangen.

Diesen hatte mein Vater, der in Wiesbaden-Schierstein wohnte und bereits den halben Tag auf dem Bahnhof verbracht hatte, informiert, dass er drei Personen (eine Frau und zwei Kinder) erwarte. Er würde uns sicher ohne Schwierigkeit erkennen, weil wir völlig zerlumpt aussähen. Er bat den Stationsvorsteher, uns den Weg in die Jahnstrasse 10 zu zeigen. Der Bahnbeamte konnte uns sofort richtig einordnen und wies uns den Weg; nach 15 Minuten erreichten wir unser neues Zuhause.

Unser Vater begrüßte uns freudig, er hatte sich im Gegensatz zu unserer Mutter nicht viel verändert. Aber enttäuschend war unsere Wohnung.

1949: Meine Schwester und ich nach Rückkehr in Wiesbaden

Wir hausten in einem ehemaligen Schweinestall mit knapp anderthalb Zimmern und nicht – wie uns dauernd erzählt worden war – in einer schönen Dreizimmerwohnung. Negativ in Erinnerung geblieben ist uns auch das Empfangsessen: Selleriesalat! Da wir so etwas nicht kannten, hatten wir trotz großen Hungers nichts davon gegessen.

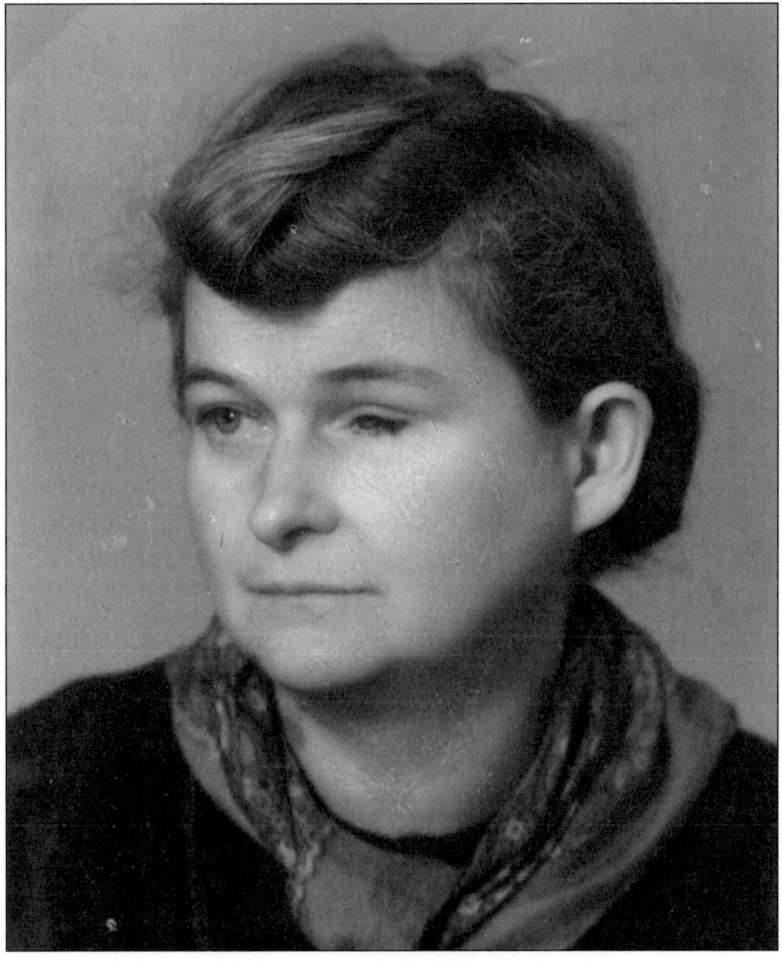

1949: Meine Mutter in Wiesbaden

Epilog

Meine beinahe nüchterne Schilderung der Ereignisse am Ende bzw. nach dem Ende des Zweiten Weltkriegs soll mit einem Epilog ergänzt werden. In diesen knapp vier Jahren war sowohl der Verlust vieler lieber Menschen zu beklagen als auch von wunderbaren Rettungstaten zu berichten.

Neben dem bereits geschilderten Verlust der Großeltern mütterlicherseits, wurden meine Großmutter väterlicherseits (84 Jahre) in eine von ihr selbst geschaufelte Grube geworfen und erschossen sowie zwei bei ihr lebende Kinder, also Onkel und Tante von mir, von den Russen verschleppt. Sie tauchten nie wieder auf. Dies ereignete sich alles auf dem seit zwei Jahrhunderten von der Familie bewirtschafteten Gut in Westpreußen.

Eine dort ebenfalls lebende Cousine von mir, ein Jahr älter als ich, wohnte viele Jahre bei unterschiedlichen polnischen Familien im Dorf des Guts oder in der Umgebung, ehe sie mit knapp zwanzig Jahren in die Bundesrepublik Deutschland übersiedelte.

Trotz all der Schicksalsschläge habe ich – im Gegensatz zu meiner Mutter – keinen Groll gegenüber Angehörigen anderer Nationen.

Der Grund dafür ist keineswegs die objektiv feststehende Kriegsschuld Deutschlands, die letztlich zu all diesen Grausamkeiten führte, sondern weil mir immer wieder Menschen – egal welcher Nationalität – begegneten, die mein Schicksal positiv entschieden. Wenn es anders gewesen wäre, würde ich heute nicht mehr leben. Beispielgebend sei hier noch einmal an den Polizisten in Bromberg im Februar 1945 erinnert, der uns Kinder bei Ankunft auf dem Revier abwies und (bewusst oder unbewusst) das Lager ersparte und damit das Leben rettete. Warum er die Entscheidung so und nicht anders traf, lässt sich heute nicht mehr beantworten.

1940: Meine Großeltern (väterlicherseits)

Nach Jahrzehnte langem Hass ist die Zeit reif, dass die Völker Europas endlich friedlich miteinander leben. Jeder sollte seine Sprache, seine Kultur und seine regionalen Eigenheiten behalten, fundamentale, uns alle tangierende Probleme zentraler Art sollten wir Europäer jedoch endlich gemeinsam lösen. Denn nur dann haben wir eine Chance, den Frieden langfristig zu sichern und den wirtschaftlichen und sozialen Herausforderungen gewachsen zu sein.

1950: meine Mutter, meine Schwester und ich in Wiesbaden

Als letztes möchte ich noch an unsere christlichen Wurzeln erinnern. Mit steigendem Wohlstand ist die Existenz Gottes immer öfter in Frage gestellt worden: „Es geht auch ohne Gott!" Nur in Not- und Katastrophenfällen besinnt man sich seiner wieder und betet dann sogar. Wir müssen ihn wieder in den Alltag zurückholen. Die katholische polnische Nachkriegskirche hat gezeigt, dass man mit dieser Haltung auch in Zeiten des Kommunismus viel erreichen kann. Da die Menschheit trotz aller Fortschritte immer wieder an ihre Grenzen stößt, ist ein Leben ohne Gott auch in einer aufgeklärten Gesellschaft nicht denkbar.

Nachwort

1. Etwa 60 Jahre später, im Juli 2005, reiste ich mit einer Gruppe in einem Bus durch Nordpolen. Meine Frau und meine Schwester begleiteten mich. Wir starteten in Berlin und erreichten nach ein paar Tagen Bydgoszcz (Bromberg). In einem der vielen Innenstadthotels verbrachten wir zwei Nächte. Viel und wenig zugleich! Bydgoszcz ist keine Stadt, die Touristen anzieht, aber für mich ein Ort der Erinnerungen. Schließlich habe ich hier als Kind acht Jahre gelebt. Aber was kannte ich schon. Beim Blick aus dem Bus, bei der Zufahrt zum Hotel, fand das Auge nichts Vertrautes, nichts entsprach mehr der kindlichen Erinnerung.

„Was muss ich überhaupt noch kennen", murmelte ich vor mich hin. Meine Umgebung schaute mich erwartungsvoll an: „Na, Heimatgefühle?" „Nein, eher Leere!"

Gedankenverloren bezog ich Quartier, entnahm dem Koffer die Dinge, die üblicherweise für zwei Tage benötigt werden, und wartete ab. Inzwischen blätterte meine Schwester eifrig im Telefonbuch von Bydgoszcz und rief mich zurück in die Gegenwart: „Es sind acht Personen mit dem Namen „Waligora" eingetragen." Wir überlegten, ob einer davon etwas mit uns zu tun haben könnte. Dass von der älteren Generation (Pflegeeltern und deren Geschwister) noch jemand lebt, ist eher unwahrscheinlich. Aber das damals (1947) geborene Kind, das ich vorne im Text „Edu" genannt hatte, müsste noch anzutreffen sein, falls es in Bydgoszcz geblieben ist. Wir überlegten hin und her und versuchten beim gemeinsamen Abendessen, unsere Reiseleiterin, eine Polin mit Aufenthalt seit vielen Jahren in Deutschland, für unser Anliegen zu gewinnen. Wir benötigten sie zum Telefonieren, denn wir sprechen beide leider kein Polnisch mehr. Sie hatte vorher schon von unserem Lebenslauf erfahren, aber erst der Hinweis, dass wir eventuell die Möglichkeit hatten, über eine Nummer im Telefonbuch unsere Vergangenheit zurückzuholen, entfachte bei ihr Neugier. Sie konnte kaum das Ende des Abendessens abwarten, um zur Tat schreiten zu können. Hanna, so hieß unsere Reiseleiterin, meine Schwester und ich eilten zur Rezeption. Nun stellte sich aber die Frage, welche von den acht Nummern wir wählen sollten. Da ich den Namen des seinerzeitigen Kindes mit „Edu" in Erinnerung hatte und im Telefonbuch ein „Edward" aufgeführt war, wählte Hanna die für diesen Namen eingetragene Nummer. Am anderen Ende der Leitung meldete sich eine weibliche Stimme, die nicht mehr ganz jung klang. Meine Schwester und ich verstanden nichts und starrten Hanna unentwegt an. Wir gestikulierten lebhaft mit Händen und Füßen als wollten wir sagen:„Was ist denn nun?"

Sie sprach längere Zeit mit ihr und fragte dann auf Polnisch: „Hattet ihr nach dem Krieg einmal deutsche Kinder aufgenommen? Wohntet ihr seinerzeit in der „Ul. Krakowska 1"?" und später: „Wollt ihr sie wiedersehen?" Das Gespräch dauerte eine ganze Weile, aber die Gesten von Hanna deuteten darauf hin, dass wir mit der Auswahl der Telefonnummer Glück gehabt hatten. Vielleicht hatte auch der liebe Gott nachgeholfen. Hinterher stellte sich heraus, dass der Bruder meines Pflegevaters mit Vornamen „Edward" hieß und damit Ähnlichkeit mit dem Namen des Kindes („Edu") hatte, das mir in Erinnerung geblieben war. Nicht auszudenken, wenn wir zwei Fehlversuche gehabt hätten. Dann hätten wir sicher aufgegeben, schon deshalb, weil wir Hanna nicht nur für uns alleine beanspruchen konnten. Die Gesprächspartnerin unserer Reiseleiterin entpuppte sich als Schwester unserer Pflegemutter und Ehefrau des „Edward", die seinerzeit zusammen mit uns in einer Wohnung gelebt und die wir vor 57 Jahren das letzte Mal gesehen hatten. Beide wohnen heute unter einer anderen Adresse und sind 86 und 85 Jahre alt. Hanna hatte zugesagt, die alte Dame am Abend noch einmal anzurufen, und verabredet, dass wir sie am nächsten Tag, spätnachmittags, besuchen werden.

Nachdenklich klang der Abend aus. Selbst ein abschließender Spaziergang durch die Innenstadt nahm wenig von der Spannung. Am nächsten Tag erfuhren wir von der alten Dame, dass sie aufgrund dieses Anrufes die ganze Nacht nicht geschlafen hatte.

Vor dem Haus der Großeltern in Czaple (Großzappeln): meine Schwester und ich

2. Am folgenden Tag, bei dem wir Außentemperaturen von über 30 Grad hatten, fuhren wir zunächst mit der Gruppe nach Torun (Thorn), nahmen an der Stadtführung teil und trennten uns von den anderen. Auf Vermittlung von Hanna engagierten wir Tadeusz, einen Kioskbesitzer, der über recht gute deutsche Sprachkenntnisse verfügte und Eigentümer eines Personenkraftwagens war. Zunächst führte uns eine 60 km lange Fahrt nach Czaple (Großzappeln) bei Swiecie (Schwetz), dem Wohnort meiner Großeltern und dem Geburtsort meines Vaters. Mir selbst war der Ort durch Sommeraufenthalte in den Jahren 1942 bis

58

1944 bekannt. Insbesondere der an das Grundstück angrenzende See war mir gut im Gedächtnis haften geblieben. Nach einigen kleineren Umwegen und Orientierungsstopps glaubten wir, unser Ziel erreicht zu haben.

Tadeusz hielt in der Nähe des ausfindig gemachten Gebäudes. Wir schauten auf unser altes Foto, verglichen es mit dem vor uns liegenden Haus und kamen zu dem Ergebnis: Dies muss es sein! Wir schickten unseren Fahrer und Dolmetscher vor, um herauszufinden, ob das Gebäude bewohnt ist. Tadeusz, etwa fünfunddreißig Jahre alt, nahm solche Aufforderungen immer sehr ernst und schritt ohne zu zögern durch das Hoftor auf das Haus zu. Diesmal war er etwas zu eifrig, denn ehe er die Tür des Wohnhauses erreichte, stellte sich ihm ein kleiner Hund, der Bewacher des Geländes, in den Weg und bellte. Tadeusz nahm ihn wohl auch wegen seiner geringen Größe nicht ernst, so dass er folgerichtig gebissen wurde. Tadeusz warf einen Blick auf seine leicht lädierte Wade, schüttelte sich aber nur und schaute den kleinen Kerl ungläubig an. Von seinem Ziel, mit einem eventuellen Bewohner Kontakt aufzunehmen, ließ er sich deshalb aber nicht abbringen. Sein Rufen wurde gehört. Eine etwa 70 Jahre alte Frau trat zunächst zögernd und misstrauisch blickend aus dem Gebäude als wollte sie sagen: „Wer will in dieser verlassenen Gegend etwas von mir." Meine Frau, meine Schwester und ich standen während der ganzen Zeit vor dem Hoftor und warteten. Nachdem Tadeusz unser Anliegen plausibel gemacht hatte, hellte sich ihre Miene auf. Sie forderte uns freundlich auf, den Hof zu betreten. Selbst der Hund beruhigte sich, hatte aber durch sein Verhalten bei uns Respekt ausgelöst.

Marianna, so hieß die jetzige Bewohnerin mit Vornamen, war Nachfolgerin meiner Großmutter im Haus. Sie sagte zu Tadeusz: „Ich habe die Blockowa", so nannte sie meine Großmutter,

„noch gekannt. Sie war eine gute Frau." Wir durften einen kurzen Blick in das von außen fast unveränderte Gebäude werfen. Die Zimmer waren mit einfachen Sperrholzplatten verkleinert worden, um seinerzeit für möglichst viele Menschen Platz zu schaffen. Wir wechselten noch ein paar freundliche Worte, ehe wir uns auf dem Hof umsahen. Plötzlich packte mich Marianna am Arm, führte uns an den Rand einer Wiese, etwa 20 Schritte seitwärts, deutete auf eine Grünfläche und sagte mit leiser Stimme: „Hier liegt die Blockowa, sie wurde erschossen." Wir schwiegen, schauten befangen auf das Stück Wiese; die eine oder andere Träne kullerte.

In Czaple (Großzappeln): Meine Schwester und Marianna

Nach ein paar Minuten kehrten wir zum Ausgangspunkt zurück, verabschiedeten uns freundlich, warfen jedoch noch einen Blick auf den See, der eine kleine Anlegestelle am Grundstück hatte. Zu dieser Jahreszeit ist er wunderbar warm. Die Kinder des Ortes nutzten ihn auch intensiv. Wir wären am liebsten in den See gesprungen, hatten aber vor lauter Eile am Morgen die Badesachen vergessen. Angesichts der großen Kinderschar war die Hemmung zu groß, das angenehm temperierte Nass nackt zu genießen.

See mit Anlegestelle in Czaple (Großzappeln)

Beim Verlassen des Ortes grüßte uns stumm die scheinbar unverändert dastehende alte Schule, in der schon mein Vater unterrichtet worden war.

Der Weg führte zurück in das 50 km entfernte Bydgoszcz, wo wir ein Foto von dem Haus machten, in dem wir zur deutschen

Zeit gewohnt hatten. Unser Hauptziel aber blieb der Besuch bei der Familie Waligora.

3. Schwitzend hetzten wir durch Bydgoszcz, um zeitgerecht zu unserem letzten Tagesziel zu kommen. Ich saß auf dem Beifahrersitz, den Stadtplan in der Hand und dirigierte Tadeusz, der seinen Wagen sicher durch uns unbekannte Straßen lenkte. Endlich standen wir unten vor der Hauseingangstür mit einem Blumengesteck auf dem Arm und schellten. Es dauerte einige Minuten bis der Zugang freigegeben wurde. Meine Gedanken schweiften in dem Moment zurück zur „Ul. Krakowska 1", meinem einstigen polnischen Wohnsitz, den wir gestern Nachmittag aufgesucht hatten. Er war in den Jahren 1945 bis 1948 mein Zuhause, und nun sollte ich hier und heute Menschen wieder sehen, mit denen ich knapp vier Jahre in einer Wohnung gelebt hatte. Das alte Domizil hatte ich sofort wieder erkannt, denn es hatte sich nur wenig verändert. Insbesondere das im Erdgeschoss auf der Hofseite liegende Schlafzimmerfenster schaute mich beim Blick über die inzwischen errichtete Mauer düster und vertraut zugleich an, als wollte es sagen: „Wird Zeit, dass du endlich einmal vorbeischaust!"

Nun hasteten wir die Treppe hoch, allen voran Tadeusz. Welch ein Empfang! Die beiden älteren Herrschaften, Stanislawa und Edward, altersbedingt mit körperlichen Beschwernissen behaftet, empfingen uns mit Herzlichkeit und viel innerer Wärme. Anlässlich unseres Kommens hatten sie über Nacht ihre Familie zusammengetrommelt: den Sohn Jerzy (den ich fälschlicherweise mit dem Namen Edu im Buch verewigt hatte), die Schwiegertochter Elzbieta und die Enkelin Dorothea. Unsere beiden Damen wurden von den Herren mit (polnischem) Handkuss begrüßt, einer Geste, die ihnen während der gesamten Polenreise nicht wieder zuteil wurde. Tadeusz war nun in einer schwierigen Lage.

Er musste nach allen Seiten gleichzeitig dolmetschen, womit er zeitweise überfordert war. Aber nicht der Inhalt der Gespräche war entscheidend, sondern die Atmosphäre und die Gesten prägten das Geschehen. Bei Eis, Kaffee und Kuchen, von Elzbieta liebevoll aufgetafelt, schweiften die Blicke von Person zu Person: Wer ist der oder die andere? Stanislawa wiederholte immer wieder den polnischen Namen meiner Schwester: „Karoltschia, du warst soo klein." Das wiederholte sie mehrmals. „Henryk, nun seid ihr endlich hier." Manch eine Träne floss. „Wenn Helena das erlebt hätte." Meine Pflegemutter war im Jahre 2000 mit 88 Jahren gestorben. „Sie schaut uns jetzt zu und freut sich, dass dieses Treffen doch noch zustande gekommen ist."

Bydgoszcz, Ul. Krakowska 1: Blick auf Hinterhof mit Schlafzimmer und Küche (Parterre hinten in der Ecke)

Die Familie Waligora hatte sich vor Jahren bemüht, uns in Westdeutschland zu erreichen. Helena wollte immer wissen, was aus uns geworden ist. Leider waren sie erfolglos geblieben; uns unbekannte Personen hätten sie barsch abgewiesen und erklärt, man solle sie in Ruhe lassen. Wir bedauerten diesen Vorfall sehr, konnten aber nichts zur Aufklärung beitragen.

Bydgoszcz: bei Familie Waligora: Elzbieta, Dorothea, Jerzy (hinten), Edward, Stanislawa (vorne)

Das Vertrauen war schnell hergestellt. Adressen und Telefonnummern wurden ausgetauscht und natürlich Bilder geschossen, nein, jedes Bild wurde unter Vermeidung von möglichen Fehlern zelebriert, damit die einzelne Aufnahme ja nicht in der Hülle der Kamera abtauchen und damit für ewig entschwinden konnte.

Ich wollte noch wissen: „Wie war das damals, als ihr deutsche Kinder aus dem Heim geholt habt? Gab es da Probleme mit den Nachbarn?" Stanislawa sah nachdenklich vor sich hin, ehe sie

64

antwortete: „Schwer, sehr schwer, man hat uns immer wieder gefragt: ‚Warum nehmt ihr keine polnischen Kinder? Viele von ihnen sind doch auch elternlos.'" Ich habe dann das Thema nicht weiter vertieft, weil ich merkte, dass es sie belastete. Die Zeit verrann und nach knapp zwei Stunden mussten wir uns wieder verabschieden. Nicht nur unsere Reisegruppe setzte ihr Programm fort, sondern auch Tadeusz musste, nachdem er uns fast sechs Stunden begleitet und gefahren sowie gedolmetscht hatte, zu seinem Kiosk und zu seiner Familie nach Torun zurückkehren. Die jungen Leute begleiteten uns zum Auto. Vorher verabschiedeten wir uns herzlich von Stanislawa und Edward, herzten sie kräftig und versprachen, Kontakt zu halten. Tadeusz setzte uns in der Nähe des Hotels ab, wurde entlohnt und entschwand winkend unseren Blicken.

„Die Freiheit, Sancho, ist eine der köstlichsten kostbarsten Gaben,
die der Himmel dem Menschen verliehen;
mit ihr können sich nicht die Schätze vergleichen,
welche die Erde in sich schließt noch die das Meer bedeckt.
Für die Freiheit und für die Ehre darf und muss man das Leben wagen;
Gefangenschaft dagegen ist das größte Unglück,
das den Menschen treffen kann".

(aus „Don Quijote" von Miguel de Cervantes)

Anhang 1

(Bericht meiner Mutter über ihre Zeit in polnischen Lagern, verfasst 1950)

Meine 4jährige Gefangenschaft

Weihnachten 1944 sah in Bromberg noch alles nach Ruhe und Frieden aus, und keiner hat an das gedacht, was kommen könnte. Die Polen wussten es, was in vier Wochen mit den Deutschen sein wird, aber sie waren umso freundlicher und haben noch lauter „Heil Hitler" gerufen als sonst! Mein Mann war Polizeibeamter, wurde 1940 von Berlin nach Bromberg versetzt. Ich wollte absolut nicht mit, denn ich hatte den „Blutsonntag" in der Wochenschau gesehen und ein ganz komisches Gefühl für den Osten – aber es war wohl meine Bestimmung!

Meine Eltern kamen Weihnachten 1944 von Wiesbaden zu uns und staunten über die Ruhe (keine Bomben), wie im Frieden: man konnte noch herrlich schlafen. Es ging alles gut bis ungefähr 20. Januar 1945: da wurde allerlei gemunkelt, aber was Bestimmtes wusste keiner, nicht einmal die Polizei. Am 21. Januar 1945, in der Nacht, ging es los: Alles stürmte zum Bahnhof. Er war überfüllt mit Menschen. Mein Mann wollte uns auch mit einem Polizeiwagen mitnehmen, aber es klappte nicht. Erst kamen die hohen Leute alle ran und diejenigen mit vielen Kindern, die mit zwei Kindern konnten in der Kälte stehen bis sie blau waren. Ich ging mit meinen beiden Kindern wieder zurück und blieb mit meinen Eltern in der Wohnung. Die Polen sagten, ich soll bleiben, ich sei eine gute Frau gewesen und mir würde schon keiner was tun. Ich blieb dann auch, denn alles andere war sowieso zu spät. Ich habe mir natürlich dabei auch nichts Schlimmes gedacht.

67

Bis zum 26. Januar 1945 war alles ruhig. Da schlug es wie eine Bombe ein: die Russen sind da und Bromberg ist wieder polnisch. Auf einmal waren lauter Polen da, die zu deutscher Zeit Deutsche waren (Heil Polska), und plünderten die Läden und Häuser und kamen auch in unsere Wohnung. Zuerst holten sie Schmuck und Gold, dann Wäsche und Kleidung bis die Wohnung bald leer war.

Tag und Nacht kamen die Russen, die sich über mich stürzten wie die wilden Tiere: meine Eltern und Kinder mussten dem Schauspiel zusehen. Ich war schon einmal so weit, dass ich mir die Pulsader aufschneiden wollte, aber da kam mein Vater gerade noch dazu, um mich davon zurückzuhalten. Er sagte: „Du hast Kinder, und wir sind auch noch da." Ich musste bei den Russen in der Kaserne arbeiten, denn zu essen konnten wir nirgends etwas kaufen. Es durfte sich kein Deutscher auf der Strasse sehen lassen. Andernfalls musste man damit rechnen, erschossen zu werden.

Das ging so weiter bis zum 19. Februar 1945. Mittags um 13 Uhr kamen zwei junge polnische Polizisten und sagten: „Sie sind alle verhaftet. Nehmen Sie sich etwas Brot mit und das Nötigste zum Anziehen und kommen Sie mit. In vier Tagen sind Sie wieder zurück." Wir glaubten das natürlich und dachten, wir haben ja nichts verbrochen. Die Sache wird sich schon aufklären. Meine Eltern, meine Kinder und ich machten uns fertig und gingen mit zur Polizei. Als wir dort ankamen, wurde mir gleich erklärt, die Kinder bringen Sie zurück, die können wir nicht gebrauchen. Ich sagte: „Ja, wohin denn." Das war denen egal. Ein Posten kam, ging mit mir und den Kindern zurück zu unserem Haus. Ich hatte dort einen polnischen Schuster und bat ihn, doch die Kinder zu behalten, bis ich zurückkomme. Er tat es nicht gerne, aber es blieb ihm nichts weiter übrig. Mein Junge war damals sieben Jahre, er sagte nichts. Aber die Kleine weinte sehr, sie war erst 2 1/2 Jahre alt und hing sehr an mir.

Sie rief immer: „Mutti, Mutti, bleib bei mir." Der Posten rief schon: „Los, dalli." Ich durfte mich nicht mehr umdrehen und musste gehen.

Auf der Polizei haben sie uns in einen dunklen Kellerraum eingesperrt, alles Essbare weggenommen. Nun konnten wir warten. Am nächsten Morgen wurden wir alle rausgerufen, bekamen jeder ein Hakenkreuz auf den Rücken, und dann ging es nach dem berühmten Lager „Zimny Wody" (Kaltwasser). Mein Vater wurde gleich von uns getrennt. Meine Mutter sagte zu dem Kommandanten: „Ich bin unschuldig. Ich war zu Besuch bei meinem Schwiegersohn, der war Polizeibeamter". Da war es aus, denn Polizei war bei den Polen soviel wie SS! Sie bekam 25 Kolbenschläge, einige Faustschläge ins Gesicht und dann war sie stumm und still geworden. Später kamen wir in eine Baracke, bekamen einen Strohsack, und alles, was wir noch hatten, nahm man uns weg. Wir dachten bloß immer, was haben wir verbrochen?

Am nächsten Morgen mussten wir alle zum Appell antreten. Da wurde uns gesagt, dass wir nicht mehr deutsch sprechen dürfen. Oh weh, wir konnten doch gar nicht polnisch. Wir mussten gleich zur Arbeit, Wasser schleppen, Bäume tragen und Baumstümpfe ausgraben. Mittags gab es einen halben Liter Wassersuppe, abends auch und zwei Monate lang kein Brot. Die Kinder hatten immer Hunger und wenn die Mütter abends nach Hause kamen, wollten sie Brot. Aber die Mütter hatten keins. Die meisten Kinder sind verhungert. Ich danke Gott, dass meine Kinder nicht im Lager waren und hoffte, dass es ihnen etwas besser ging.

In der Nacht kam ein Aufseher zu mir und sagte, ich soll mein Auge hergeben. (Ich hatte schon als Kind ein Glasauge.) Ich antwortete: „Das brauche ich doch." Er fluchte und schlug mich mit dem Knüppel; ich musste es hergeben. Er sagte mir: "Wenn wir mal ein Schwein schlachten, bekommst du das Auge." Ich war verzweifelt. Meine Mutter tröstete mich, ich musste es akzeptieren.

Es gab dort kein Wasser zum Waschen, nur auf ärztliche Verordnung. Es dauerte auch gar nicht lange, da hatten wir Läuse. Dann fingen die Krankheiten an: Ruhr, Typhus usw.

Nach drei Wochen sollte mein Vater eine Leiche begraben und küssen. Er weigerte sich, das zu tun. Da bekam er 43 Schläge, fiel tot um und wurde gleich mit in das Massengrab geschmissen. Ein Augenzeuge, der dabei war, berichtete uns das, sonst hätten wir überhaupt nie erfahren, wie er umgekommen ist. Er bekam sowieso jeden Abend Schläge, weil er ein „feiner" Deutscher war; solche Männer hassten sie besonders. Mit seinen 73 Jahren war es unmöglich, diese Strapazen auszuhalten. Meine Mutter wurde nach dem Tod des Vaters immer stiller und schaute mich nur noch vorwurfsvoll an, als wenn ich Schuld hätte. Ich war selbst so verzweifelt, dass ich nicht einmal Worte des Trostes fand.

Jeden Tag mussten wir schwer arbeiten bei der Kälte mit wenig Kleidung und zweimal am Tag Wassersuppe. Ich versuchte auch nach Bromberg zur Arbeit zu kommen, um nach den Kindern forschen zu können. Zweimal gelang es mir dorthin zu kommen. Einmal ging ich zum Schuster, aber die Kinder waren weg, angeblich im Kinderheim. Sie konnten mir keine weitere Auskunft geben.

Ostern 1945 kam ich zur Arbeit aufs Land zu einer Bäuerin, die etwas deutschfreundlicher war, und bei der ich es ganz gut hatte. Sie fuhr auch einmal nach Bromberg, ging ins Kinderheim und brachte mir die Adressen von den Kindern. Jeder war in einer Polenfamilie untergekommen; sie sollen es ganz gut haben. Ich war natürlich froh darüber. Ich musste bei der Bäuerin zwar auch den ganzen Tag schwer arbeiten, aber ich bekam doch wenigstens einigermaßen zu essen, und es war zum Aushalten. Zwischendurch haben uns die Russen zu Straßenarbeiten geholt. Ein Russe wollte mich unbedingt nach Russland mitnehmen, aber ich sträubte mich, denn ich hatte die kleine Hoffnung, noch einmal nach Deutschland zu kommen. Bei der Bäuerin war ich drei Wochen, dann kam ein Posten vom Lager: ich sollte zurück, angeblich wegen Entlassung. Es war alles Schwindel!

Im Lager angekommen erfuhr ich, dass meine Mutter schwer krank war und auf mich wartete. Sobald ich einmal heimlich verschwinden konnte, suchte ich sie auf und sah zu meinem Entsetzen, dass sie nicht mehr lange leben würde. Die alten Leute und Kinder starben fast alle an Hungertyphus.

Ich arbeitete nun bei einem deutschen Leutnant im Büro, dem die Polen das Lager übergeben hatten, weil sie nicht mehr weiter wussten, denn das Lager war inzwischen völlig verkommen und verseucht und durchsetzt von allen möglichen Krankheiten. Man nannte das Lager mit Recht „Totenlager". Täglich starben 50 bis 60 Menschen, die irgendwo im Wald vergraben wurden.

Ich ging nun alle Tage zu meiner Mutter. Sie war glücklich und hoffte, gesund zu werden und noch einmal in ihre Heimat zu kommen. Ich nahm ihr auch nicht die Hoffnung. Einmal waren die Russen zum Verhör da, und meine Mutter erklärte noch einmal, dass sie unschuldig und in Bromberg nur zu Besuch gewesen sei. Sie wollten die Angelegenheit prüfen; sie sollte abwarten. Am Sonntag, dem 5. Mai 1945, ging ich ganz früh zu meiner Mutter. Sie lächelte mich an, war aber ohne Bewusstsein. Ich rief: „Mutti, was ist?" Sie antwortete aber nicht mehr. Da kam ein deutscher Arzt und sagte: „Ihre Mutter wird den heutigen Tag nicht überleben." Ich war außer mir. Aber was konnte ich tun? Abends um 17.30 Uhr schlief sie ein. Ich habe ihr noch die Hände gefaltet und die Augen zugedrückt und habe Gott gebeten, mich auch mitzunehmen, denn was sollte ich nun noch? Auf einmal tauchte ein Aufseher auf, schob mich zur Seite, riss meiner Mutter den Mund auf und entdeckte zwei Goldzähne, die er ruckzuck herausriss. Ich schrie auf, er schlug mich und sagte: „Binde der Alten das Maul zu." Ich bebte am ganzen Körper. Wenn ich je in meinem Leben einen Menschen gehasst habe, dann war er es. Ich tat, was mir befohlen, dann kamen zwei Männer, zogen meine Mutter nackt aus, schmissen sie auf einen Wagen, worauf schon mehrere Tote lagen. Die Toten wurden irgendwo im Wald verscharrt. Jetzt war ich ganz alleine. Auch das Letzte war mir genommen: meine Mutter. Die anderen Leidensgefährten hatten auch kein gutes Wort, denn jeder hatte mit sich selbst zu tun. Es gab keinen Trost!

Ich ging ein paar Tage wie im Schlaf, tat meine Arbeit wie immer, bekam noch mehr Schimpfworte und Schläge mit dem Gummiknüppel, weil ich nicht aufpasste. Nachts kamen oft betrunkene Posten, schmissen uns aus den Betten und trampelten auf uns herum. Wir fragten uns damals oft: „Gibt es keinen Gott mehr, der so etwas alles geschehen lässt an unschuldigen Menschen?"
Eine Woche später kam ich in ein anderes Lager: Langenau. Aber nur für acht Tage, danach zurück ins alte Lager, aber nur zur Untersuchung, ob ich schwanger war von den Russen. Zum Glück war das nicht der Fall.

Pfingsten kam ich zum Arbeiten zu einem Bauern. Da hätte ich es ganz gut haben können, wenn ich mit ihm geschlafen hätte. Aber so ging es mir wieder schlecht, da ich mich gegen so etwas sträubte. Lieber schwer arbeiten! Viele deutsche Frauen haben sich hingegeben, um es besser zu haben. Aber ich konnte es nicht! Nach 14 Tagen wurde ich krank, bekam Geschwüre an den Beinen und redete so lange, bis der Bauer mich zurück ins Lager brachte. Dort wollte man mir nicht glauben, dass ich krank sei und fluchte mit mir.

Ein paar Tage haben sie im Lager „Zimny Wody" (Kaltwasser) noch mit uns getobt, danach wurde das Lager aufgelöst. Vorher (am 4. Juni 1945) wurden alle Kinder, die noch da waren den Müttern entrissen, auf einen Wagen geladen und weggefahren. Die Mütter haben ihre Kinder nie mehr gesehen. Die deutsche Führung verschwand in der Nacht, weil sie nicht mehr weiter wussten. Das Lager wurde aufgelöst, die Kranken mit einer Spritze oder Kugel umgebracht, der Rest (etwa 150 Menschen) marschierten in das berüchtigte Lager POTULICE. Diesen Marsch von etwa 35 Kilometer ohne Essen mit Fluchen und Fußtritten werde ich in meinem Leben nicht vergessen.

Als wir dort ankamen, gab es gleich einige Tote. Der dortige Arzt fragte uns, was wir für Menschen seien. Wir sähen aus wie wandelnde Leichen. Auf Verordnung bekamen wir eine Woche lang täglich 20 Gramm Butter und doppelte Portion Essen. Das war das Höchste, was man bekommen konnte. Wir blieben 14 Tage in Quarantäne.

Dort mussten wir erst wieder Ordnung lernen: wir bekamen eine Glatze geschnitten und wurden überall rasiert. Man hatte seine Freude an den deutschen Frauen! Dann ging es wieder zur Arbeit. Man war inzwischen so abgestumpft, dass man die Arbeit wie eine Maschine verrichtete: es war einem alles egal.

Eines Tages traf ich eine Nichte von meinem Mann, die im Lagerkrankenhaus Schwester war. Ihr ging es ganz gut. Zuerst war sie recht nett zu mir, später hat sie sich von ihrer „besten" Seite gezeigt, so dass ich heute nichts mehr mit ihr zu tun haben will. In solchen Lagen lernt man erst seine lieben Mitmenschen und Angehörigen kennen.

Mitte Juni 1945 wurde unsere Baracke wegen Typhusverdacht

geschlossen. Gleichzeitig brannte die Bäckerei. Wir wurden nachts zum Löschen herausgejagt und verdächtigt, das Feuer gelegt zu haben.

Am nächsten Tag hatte ich hohes Fieber. Der Arzt stellte bei mir Flecktyphus fest. Ich war schon fast ohne Bewusstsein; mir war alles ganz egal, was mit mir geschah. Eine Woche konnte ich nichts essen und war geistig weggetreten. Ich war wohl schon halb bei „Petrus" und wünschte mir auch nichts sehnlicher als zu sterben, denn aus dieser Hölle noch einmal herauszukommen, war doch wohl ganz unmöglich. Ein deutscher Soldat (sein Name war Wolf) pflegte mich und gab sich die größte Mühe, mich am Leben zu erhalten. Er sagte, diese Krankheit sei nur mit Energie und starkem Willen zu bewältigen; Medikamente gab es nicht. Täglich wurden 60 bis 80 Tote auf den „Sandberg" hinausgetragen. Ich habe mich dann auch aufgerafft und die Krankheit nach drei Wochen besiegt. Ein weiterer Soldat – der auch nur ein Auge hatte wie ich – fragte täglich nach mir. Das machte mich stark, weil es doch noch einen Menschen gab, der sich um mich kümmerte.

Als ich wieder in meine Baracke zurückkam, wichen alle entsetzt vor mir zurück, denn ich muss wohl schrecklich ausgesehen haben. Man sagte mir, es wäre erzählt worden, dass Frau Block (ich) mittlerweile verstorben und schon in der Erde sei. Alle dachten, ich sei wieder auferstanden. „Dann werde ich noch lange Leben", antwortete ich. Danach bekam ich noch drei Wochen Erholung und brauchte nicht zu arbeiten. Die drei Wochen habe ich in der Sonne gelegen und fast immer geschlafen, denn ich war so matt und müde. Der Hunger setzte wieder ein, ich hätte Steine essen können. Ja, das Schlimmste ist wohl der Hunger; ich werde heute immer dankbar sein, wenn ich trockenes Brot zu essen habe. Viele Menschen wissen das nicht! Als am 4. August 1945 meine Erholung beendet war, kam ich gleich auf ein Gut zur Ernte. Eigentlich war ich noch zu schwach, um die Arbeit zu erledigen. Mit Schlägen und Flüchen wurde ich vorangetrieben und staunte, woher ich die Kraft nahm. Ich war auf einem richtigen „Strafgut" gelandet und musste teilweise Unmögliches aushalten. Im kalten Winter mussten wir im Keller schlafen, und ich wundere mich noch heute, dass ich mir nicht meine Glieder erfroren habe. Dort setzten auch wieder Krankheiten ein: Krätze und andere. Trotzdem mussten wir arbeiten. Weihnachten 1945 war furchtbar, da habe ich seit langem wieder einmal geweint und Gott angefleht, mich doch endlich zu erlösen.

Im Januar 1946 kam ich zurück ins Lager POTULICE, weil ich zum Arbeiten zu schwach war. Dort gab es wieder eine neue Glatze, und ich arbeitete dort bis zum 21. März 1946.

Dann ging ein Transport von 75 Menschen ins Gefängnis nach Stuhm. Ich meldete mich freiwillig, denn ich wollte einfach wegkommen vom Lager. Im Gefängnis war es etwas besser als im Lager, denn wir wurden überwiegend in Zellen mit Bewachung hinter Gittern eingesperrt. Unsere Soldaten wurden dort sehr geschlagen, und wir hörten sie oft schreien. Arbeiten mussten wir überall, denn dafür waren wir ja da. Krank sein gab es nicht; Schläge und Bunkeraufenthalt trieben die Krankheit aus.

Am 7. August 1946 bekam ich meinen ersten Brief von meiner Schwägerin aus Berlin. Er war vier Monate unterwegs. Sie nahm an, ich sei noch in Bromberg in meiner Wohnung. Sie teilte mir unter anderem mit, dass mein Mann lebe und in Ostrau (bei seiner Halbschwester) sei. Alle staunten immer wieder über den Brief; man konnte es nicht fassen, dass es so etwas noch gab. Schreiben durfte ich aber nicht.

Bis 29. November 1946 waren wir im Gefängnis. Plötzlich stand ein Lastwagen vor der Tür und transportierte uns nach

Danzig. Was wird uns wieder bevorstehen? Wohl keine Entlassung! Will uns Deutschland nicht mehr haben? Hilft uns keiner? Sollen wir immer Sklaven bleiben? Was hatten wir mit dem Krieg zu tun? Niemand konnte uns eine Antwort geben. Die Polen sagten nur: „Ihr seid Verbrecher! Ihr müsst so lange bleiben bis ihr krepiert. Eine Kugel ist zu schade für euch." Ach Gott, kann man so etwas überhaupt noch aushalten!

Wir landeten auf einem Bauplatz in Danzig, mussten Steine hauen und wegkarren. Der Winter 1946/47 war streng und kalt: 30 bis 35 Grad minus. Wir hatten keine richtige Kleidung gegen die Kälte; geschlafen haben wir im ehemaligen Polizeipräsidium in Einzelzellen. Es gab 500 g Brot pro Tag und 1 Liter Grütze mittags. Das zweite Weihnachtsfest in Gefangenschaft nahte, und wir dachten an Deutschland. Da werden sie ein Bäumchen haben und Kuchen essen; uns hat man vergessen! Auch dieses Fest ging vorüber.

Im Januar 1947 bekam ich den ersten Brief von meinem Mann. Ich konnte es kaum glauben. Alle standen um mich herum und bestaunten den Brief aus Deutschland. Mein Mann war in der russischen Zone gelandet in Ostrau (bei seiner Halbschwester). Anscheinend ging es ihm ganz gut; er konnte sich nicht vorstellen, wie man als Gefangene lebt. Ich habe mir dann eine Briefmarke erbettelt, um heimlich einen Brief schreiben zu können. Denn Geld hatten wir keines. Ich bekam auch wieder einmal Antwort, und ich schrieb dann noch einmal an meinen Mann und bat ihn, alles zu versuchen, mich herauszubekommen, denn langsam war ich am Ende.

Ich arbeitete im Januar/Februar 1947 weiter auf dem Bauplatz bei größter Kälte und kam im März 1947 zur W.U.B.P. (Gestapo) als Putzfrau, wo es mir einigermaßen gut ging. Die Arbeit musste ich unter Bewachung verrichten.

Im April 1947 wurden 30 Frauen zurück ins Lager wegen

Transport nach Deutschland geholt; sie kamen auch tatsächlich im Mai weg. Ich musste bleiben, weil ich auf der „schwarzen" Liste stand (SS-Frau), was ja nicht stimmte. Aber ich konnte nichts tun.

Am 20. April1947 besuchte mich eine Polin aus Bromberg; sie war zu deutscher Zeit meine Schneiderin gewesen (Frau Glyda). Sie brachte mir einiges zum Anziehen und Essen. Ich staunte alles wie ein Wunder an. Das es so etwas noch gab. Sie erzählte mir auch von den Kindern: beide seien jetzt bei *einer* Familie. Die Kleine (Karin) hätte es bei der ersten Stelle schlecht gehabt und viel Schläge bekommen. Deshalb holte die Pflegemutter von dem Jungen (Hansi) sie da weg, was ich sehr anerkannt habe. Die Kleine sei dann aber sehr krank geworden (Typhus usw.) und hätte ein halbes Jahr im Krankenhaus gelegen. Man habe gezweifelt, dass sie noch mal gesund werden würde, aber der liebe Gott hat doch wieder geholfen. Ich schrieb dann auch mal an die Leute, bekam aber nie eine Antwort. Sie wollten die Kinder gerne als eigene behalten und haben gehofft, dass ich nicht mehr lebend aus dem Lager zurückkehren würde.

Am 4. Juni 1947 kam ich plötzlich wieder ins Lager POTU-LICE, angeblich wegen Transport nach Deutschland. Aber daran glaubte ich schon nicht mehr. Als ich 14 Tage dort war, wurde ich zu einer Kalkgrube gebracht. Ich sollte alles kennen lernen: immer die schwerste und schlechteste Arbeit. Dort war dann auch die Hölle los! 360 Stufen führten in die Erde; die Temperatur betrug unten 45 Grad plus. Zusammen mit Kriegsgefangenen lud ich Steine auf und schob Loren. Es war furchtbar! Dafür gab es 400 Gramm Brot pro Tag und je einmal Wassersuppe mittags und abends. Wenn wir um 19 Uhr nach Hause kamen, mussten wir noch bis Mitternacht zu Hause (in der Unterkunft) arbeiten und um 4 Uhr morgens ging es wieder raus.

Am 17. August 1947 besuchte mich die Polin aus Bromberg (Frau Glyda) wieder und brachte meine Kleine mit. Sie kannte mich nicht mehr, wollte mich absolut nicht anschauen und weinte. Ich natürlich auch. Sie sprach nur noch polnisch, und ich war verzweifelt. Ohne Erlaubnis ging ich mit zum Bahnhof und bekam dafür Flüche und eine kräftige Ohrfeige. Das war mir die Sache aber wert.

Nach einiger Zeit bekam ich schlimme Füße und Augen vom Kalk. Ich bin so lange zum Arzt gegangen, bis man mich am 13. September 1947 ins Lager POTULICE zurückschickte. Dort blieb ich bis April 1948 und habe in der Schneiderei gearbeitet. Dort war es auf jeden Fall besser als in der Grube, auch wenn es im Lager strenger war als 1945. Nachts gab es dauernd Kontrollen, so dass ich vor lauter Angst nicht schlafen konnte. Überall war Stacheldraht und Posten standen mit aufgepflanzten Gewehren herum. Man kam sich vor wie ein Schwerkriegsverbrecher!

Am 21. April 1948 kam ich in ein sogenanntes „Hungergut". Bei den schrecklichsten Adressen war ich immer dabei! Dort haben sie wieder fürchterlich mit mir getobt. Von morgens bis abends haben wir auf dem Feld geschuftet und dafür nur Trockenbrot und Kartoffelsuppe bekommen. Ich glaubte, hier kommst du nicht wieder weg. Der Vogt (Leiter des Guts) hat mich gehasst, und wenn er gekonnt hätte, hätte er mich abgeknallt. Aber damals durften sie das nicht mehr. Ich bat immer wieder, mich ins Lager zu bringen; die Arbeit sei mir zu schwer, ich kann nicht mehr. Als Antwort erhielt ich: „Du brauchst keinen Gedanken daran verschwenden, eher krepierst du."

Am 19. Juni 1948 hat man auch wieder so mit mir getobt. Da war es mit meiner inneren Ruhe vorbei. Ich sagte mir, es hat keinen Zweck mehr. Hier kommst du nicht mehr lebend heraus. Ehe ich mich zu Tode quälen lasse, mache ich Schluss mit meinem Leben. In meinem Kopf schwirrte es wie in einem Flugzeug; ich bekam einen Nervenzusammenbruch und rannte wie eine Verrückte zu einem See und wollte mich ertränken.

Ich lief ins Wasser, wollte schwimmen, mein Herz versagte und plötzlich wusste ich nichts mehr. Als ich aufwachte, mussten einige Stunden vergangen sein. Ich lag am Ufer, halb im Wasser und halb im Gras. Es sollte wohl nicht sein, dass ich mein Leben für diese Menschen opfern sollte.

Nun kamen meine Gedanken zurück: die werden bestimmt denken, ich hätte fliehen wollen. Da wird es was geben, aber das war mir in diesem Moment egal. Ich nahm meine nassen Sachen und ging zum Gut. Kurz davor fiel ich in Ohnmacht. Als ich wieder aufwachte, lag ich auf meinem Strohsack. Der Vogt gab mir Bauchtritte und Ohrfeigen und sagte: „Du wolltest ausrücken. Jetzt wirst du erst mal richtig arbeiten lernen." Ich bekam einen schweren Herzanfall und schrie: „Ich wollte nicht fliehen, ich wollte sterben, um endlich Ruhe vor euch zu haben." Da schauten sie mich erschreckt an, wichen vor mir zurück und ließen mich alleine, denn ich muss furchtbar ausgesehen haben.

Am nächsten Tag ging ich wieder zur Arbeit, aber ich hatte von jetzt an einen Posten hinter mir, weil man Angst hatte, ich könnte noch einmal so was tun. Die Arbeit war nun noch unerträglicher geworden, und ich bat Gott, mir doch zu helfen. Warum musste ich so leiden? Ich war schon kein Mensch mehr, sondern abgestumpft wie eine Maschine, der alles gleichgültig war.

Im September 1948 steckte man mich in den Schweinestall, weil das wohl einer der schwersten Posten auf dem Gut war. Ich durfte 140 Schweine zusammen mit einem alten Polen füttern: täglich 8 Zentner Kartoffeln dämpfen, 50 Eimer Wasser schleppen, den Dung rausbringen und eine Fuhre Stroh holen. Abends wusste ich nicht, wie ich meine Knochen legen sollte. Was mich erhalten hat, war der Verzehr der Buttermilch: die tat mir besser als den Schweinen. Auch der alte Pole war einigermaßen nett zu mir und behandelte mich wenigstens menschlich. Ich dachte, wenn ich den Winter über auch noch hier bleibe, kann ich mir bestimmt mein Grab schaufeln.

Am 20. Oktober 1948, nachmittags 15 Uhr, erschien ein Pole aus dem Büro und fragte nach meinem Namen: „Block, Irmgard." Ich sagte: „Ja."

Er: „Sie morgen nach POTULICE, ein Telegramm gekommen, Transport nach Deutschland." Ich glaubte es natürlich nicht, denn dafür hatte man mich in der Vergangenheit schon zuviel belogen. Aber diesmal war es die Wahrheit. Ich wurde sogar mit einem Kutschwagen ins Lager gebracht. Ich kam zunächst 14 Tage in Quarantäne, wo sie mich noch einmal drillten.

Am 5. November wurde ich in der Frühe gerufen, bekam meine wenigen Lumpen, die ich noch hatte, und wurde mit weiteren 30 Frauen zunächst nach Naklo (Nakel) und dann weiter nach Gubczyce (Leobschütz) transportiert. Meine Kinder waren auch dabei. Das war ein Wiedersehen nach knapp 4 Jahren, so etwas muss man erlebt haben!

Wir wurden noch bis 10. Dezember 1948 in Gubczyce festgehalten, wo man uns erst noch Kultur (was auch immer damit gemeint war) beibringen wollte, ehe wir nach Deutschland entlassen wurden. Am 17. Dezember landeten wir mit großem Hunger in Hannover und am Sonntag, den 19. Dezember 1948, abends gegen 21.30 Uhr, kamen wir in Wiesbaden-Schierstein, meiner jetzigen Heimat, an. Meinem Mann hatte ich ein Telegramm geschickt, aber da es unbestimmt war, wann wir ankommen würden, empfing er uns nicht am Bahnhof. Wir suchten mit Hilfe des Bahnhofsvorstehers unsere Straße selbst.

Ja, wir sind wieder in Deutschland, haben uns manches anders vorgestellt, aber trotzdem sind wir glücklich, wieder hier zu sein. Es geht nichts über die Freiheit! Es waren furchtbare Jahre für mich, und vergessen kann ich das alles nicht. Es ist traurig, dass noch immer so viele Deutsche im Lager POTULICE sind; hier hat man sie scheinbar vergessen. Kann denn tatsächlich nichts für diese Menschen getan werden? Wenn mein Mann mich und meine Kinder nicht bei der amerikanischen Militärregierung in Warschau angefordert hätte, säßen wir heute noch dort.

Ich wünsche mir, dass an meiner Tür auch noch einmal die Sonne scheint nach all dem schweren Leid. Mag auch alles sehr bescheiden sein, aber ich wünsche mir, künftig mit lieben, guten Menschen zusammen leben zu dürfen. Durch all das Leid bin ich ganz anders geworden und sehe die Welt und die Menschen mit anderen Augen als früher an. Menschen, die noch nichts durchgemacht haben, bringen für uns leider wenig Verständnis auf. Aber trotzdem wünsche ich keinem das Leid dieser vier Jahre.

Anhang 2

(Brief von Frau Glyda)

Karins Erlebnisse in Bromberg

Als man Irmgard (Block) die Kinder 1945 nahm, wurden beide untergebracht in der Thorner Straße, in der Nähe des Polizeireviers, in einem evangelischen Kinderheim, geführt von Diakonissinnen. Da man verbreitet hatte, es wären Waisen, nahm zuerst eine Frau Karin mit. Hansi blieb bis Frau Waligora kam und Hansi fragte, ob er zu ihr kommen will. Wohl in polnischer Sprache, weil Frau Waligora deutsch nicht konnte. Er sagte: „Ja, Tante."

Doch hatte er Sehnsucht und weinte nach der Schwester. Frau Waligora erkundigte sich, wo Karin hingekommen war und ging dorthin. Auch Karin soll dort nur geweint haben. Beim zweiten Besuch fragte Frau Waligora, ob die Frau ihr Karin nicht auch geben wollte. „Nehmen sie sie, die weint Tag und Nacht", sagte die Frau. Und so kam Karin – übrigens sehr krank – zu Waligoras und ins Krankenhaus. Karin wurde „Karoltschia" und Hansi „Henryk" (deutsch Heinrich) gerufen. Frau Waligoras Schwester, verheiratet, bekam ein Baby (Buben) und da spielte Karin mit dem Kinde. Mit 4 Jahren zog sie die nassen Windeln unter dem Buben fort und legte trockene darunter. Auch Hansi spielte fast nur im Zimmer, malte viel und sagte, er wolle Baumeister werden. Beide waren so liebe Kinder, dass die Waligoras sie nicht genug loben konnten. Es war auch noch eine Oma da, die nahm die Kinder mit in die katholische Kirche. Hansi wollte so gerne mit den anderen Kindern zum katholischen Religionsunterricht, zum Pfarrer, gehen, denn in der Schule war kein Religionsunterricht. Doch die Waligoras wussten damals, als er etwa acht Jahre alt war, dass der Vater und die Mutter Deutsche sind und leben. Bis dahin dachten sie, es wären Waisen. Hansi war mit sieben Jahren in der Schule eingetragen als „Henryk Waligora".

Irmgard schrieb mir das erste Mal aus Danzig; da war sie Trümmerfrau und gefangen im U.B.-Gefängnis. Ich besuchte sie am Sonntag. Der Schuster aus dem Hause von Irmgard gab mir ein paar Zloty mit. Doch die U.B.-Wachmänner nahmen Irmgard das Geld ab und kauften Schnaps dafür. Dann war ich im Lager in POTULICE, wohl drei- bis viermal, und als sie in dem Steinbruch bei Barcin arbeitete, öfter. Die Bahnverbindung war schlecht; ich übernachtete mit Irmgard auf einer Pritsche. Den Wachmännern zeigte ich polnische Papiere und gab Zigaretten.

Irgendwann wusste Irmgard, wo die Kinder waren, und bat mich, sie mal mitzubringen. Den Hansi konnten Waligoras nicht überreden, mit mir zu fahren. Er erinnerte sich an die Anfälle (epileptische) der Mutter und kam nicht mit. Karin war etwa 4 bis 5 Jahre alt, und ich nahm sie abends zu mir. Ich musste früh vor sieben Uhr im Steinbruch sein, weil dann Irmgard nicht zur Arbeit zu gehen brauchte. Also ging ich schon ganz früh zur Bahn. Die Ankunftsstation war 1 bis 1 1/2 km vom Steinbruch entfernt. Karin trippelte und die Händchen froren, weil sie für sich ein kleines Essenspaket von Waligoras mithatte. Ich hatte einen kleinen Koffer mit Kleidung und Esswaren. Darum konnte ich Karin nicht auf den Arm nehmen. Irmgard brauchte nicht in die Grube gehen. Doch Karin sah die Mutter nicht einmal an. Die anderen Frauen sagten: „Guck mal hin, das ist deine Mutti." „Nein", sagte sie, "meine Mutti ist in Bydgoszcz (moja mumusia jest w Bydgoszcz)." Im Lager waren auch Kinder von deutschen Frauen allein, bis die Mütter von der Arbeit kamen, mit denen spielte sie. Aber Irmgard durfte sie nicht anfassen. Abends gegen 18 Uhr gingen wir durch das Kalkwerk (nicht die Strasse lang) zum Bahnhof. Karin schlief mir auf dem Arm ein, und Irmgard nahm sie mir ab. Nun konnte sie erst Karin küssen und küssen ohne Ende am ganzen Körperchen. Im Lager wollte sie mich überreden, Karin dazulassen. Aber ich musste Irmgard das ausreden, weil die Kinder im Steinbruch keinen Zucker, Milch oder Obst bekamen. Bei Waligoras war alles in Hülle vorhanden. Er war damals auf einem Gut Treuhänder, und viele Tage waren die Kinder auf dem Gut. Darum hatten es die Kinder gut bei Waligoras. Bis zum Zug kam Irmgard mit und reichte mir schweren Herzens Karin rein. Weil der Zug Verspätung hatte, kam Irmgard zu spät ins Lager zurück. Dafür bekam sie Ohrfeigen, weil der Wachmann meinte, sie wäre ausgerückt. Er hätte Schwierigkeiten bekommen, weil er es ihr erlaubt hatte, mitzugehen.

Als dann Irmgard wieder nach POTULICE kam, erst in die Quarantäne und dann nach Deutschland, waren Frau Waligora und ich in Naklo, wo Frau Waligora die Kinder abgab. Doch die Kinder verstanden kein Deutsch, Irmgard nicht Polnisch. Nachts schlief Hansi in den Armen von Frau Waligora auf dem Fußboden im Stroh. Er sagte uns, er will nicht mitfahren, er springt aus dem Zug, und beide Mütter werden ihn nicht besitzen. Da musste Irmgard sehr auf Hansi aufpassen. Ich fuhr am Tag später noch einmal rüber und abends mit Frau Waligora zusammen nach Bydgoszcz. Auf dem Bahnhof wollte Frau Waligora wieder zurück fahren. Da musste ich ihr zureden, dem Kinde den Abschied nicht noch einmal schwer zu machen. Am Montag fuhr dann Irmgard aus Polen.

Dieses Erlebnis wollte ich für Karin zur Erinnerung schreiben, dass sie immer daran denkt, welches gute Werk Waligoras an den beiden Kindern getan haben.